JN084810

ぽっちゃりナースですが
エリート外科医と身籠もり婚します

プロローグ

「こんなぽっちゃり体型の女性を好きになる人なんているんでしょうか？」

「あぁ、いるよ」

確信を持った様子で頷かれて、小さな希望の光が差したような気持ちになる。

しかし今日の私は、かなりネガティブ思考だ。

「いるわけないです」

「俺は可愛いと思うが」

熱い眼差しで見つめられ、溶けてしまいそう。体が火照《ほて》りだし、水を一気飲みする。

「もう、冗談はやめてくださいよ。心臓に悪いじゃないですか。はぁ……明日職場で会ったら、また思い出してしまいそうです」

このまま話を続けると彼のペースに乗せられそうで、話題を途中で変えた。

なのに！

「じゃあ、忘れさせてやろうか？」

破壊力のあるワードに、心臓がドクンと高鳴る。

「漫画みたいなセリフですね」

「そうか？　目の前に好みの女性がいたら逃したくないと思うのが、男の心理だ」

まるで私を狙っているかのような口ぶり。

珍しい展開に勘違いしそうになるけれど、私を恋愛や性的な対象として見る人には出会ったことがない。

「話を聞いてくれたので、元気になってきました」

「それはよかった」

「ちょっぴりドキドキする経験もできましたし。……もう恋しないで、お仕事一筋で頑張っていきたいです」

「なにを言っているんだ。こんなにいい女を放っておくなんて、風子《ふうこ》さんの近くにいる男は見る目がないだけだ。恋をしないなんて宣言するな。俺と恋愛すればいい」

さり気なく胸に響く言葉を言ってくれる。今日のこの出来事だけで、これから先、ずっと幸せに暮らしていけそうだ。

「優しいんですね。ありがとうございます」

それで終わりにしたつもりなのに、彼はブランデーを呷《あお》ると、会話を続けた。

「魅力的なのに、今まで誰かと付き合ったことはないのか？」

「ありません」

「キスやセックスは？」

「セッ……！」

フレーズだけで恥ずかしくて、頬が火照《ほて》ってしまう。

「あるわけないじゃないですかっ」

「それはもったいない」

たしかに、愛する人との行為はものすごくいいと聞いたことがある。

友達もそう話していたし、漫画や恋愛小説もそうだ。

女としての悦《よろこ》びを知らないまま生きていくのは、損しているのかもしれない。

「相手がいないとできません。なんなら、お兄さんが私の初めてを奪ってくれますか？」

少し重くなってきた空気を変えたくて、私のキャラではないけど、わざと冗談めかして尋ねた。

「あぁ、喜んで。たっぷりと、可愛がってやる」

けれど大真面目な顔でそう答えられたので、心臓を矢で射貫かれたみたいな衝撃が走る。

私とそういう関係になれると言ってくれるのは、稀《まれ》な人かもしれない。

今後、誰とも付き合うチャンスはないだろうし……一生に一度くらい経験してみたいけど……

酔っ払っているせいか、イケないことを考えてしまう。

「本気ですか？」

「俺は嘘をつかない」

（初めて会った人と……いいのかな……。悩むけど……委《ゆだ》ねてみたいかも…………やっぱり、ダメだよね。危ないよ。ダメダメ……でも……）

第一章　まさかの、ワンナイトラブ！

「いただきまーす」

職員が使える食堂で、少し大きめの手作り弁当の蓋を開けた。甘い卵焼きから頬張る。

（んまぁっい！　美味しすぎる〜〜〜）

ここでは、食券を買ってランチセットを注文してもいいし、お弁当を持参することもできる。私はいっぱい食べたいので持ち込むことが多かった。

「美味しそうに食べるわね。ここ、いい？」

「はい、どうぞ」

トレーに餡《あん》かけチャーハンを載せた先輩ナースが話しかけてきたので、笑顔で頷いた。

「そちらも美味しそうですね」

「ふーこちゃんったら、食いしん坊ね。うふふ」

私の名前は河原《かわはら》風子。新卒で働き始めて四年目の、総合病院のナースである。

配属先は、心臓外科と循環器内科が合体している病棟だ。

心臓の病気に強い医者が多いが、内科や整形外科などの優秀な人材も多数在籍している。

元々は診療所から始まったこの病院は、今では最新の医療機器を揃え、様々な患者さんを受け入れる体制が整っていて、院内も病室もホテルのような雰囲気だ。

評判もよく、芸能人や大物政治家が入院してくることもしばしば。

ところが最近では、人員不足と経営不振で少々伸び悩んでいるらしい。優秀な医者が立て続けに引き抜きにあったのだ。

「小児科、寿退社が多くて人手不足みたいよ」

「そうなんですか」

「これ以上、人手が減ったら病棟も大変よね」

「深刻な問題ですね……」

「でも今度、優秀なお医者様が来るって噂だから、少し安心してるけど。病院の評価が上がれば、働きたいってお医者さんもまた増えるわよねぇ。はぁ、でも、私はいつ寿退社できるのかしら」

先輩が、大きなため息をついて苦笑いした。

それは私も意識してしまうところ。学生時代や看護学校時代の友達も、結婚する人が増えてきた。

私もいつかは好きな人と結婚して可愛い子供が欲しい。そんな夢を抱く年頃なのだ。

とはいっても、相手がいなければその夢が叶うことはない。

ただ、好きな人はいる。相手は、同じ病院で働く本田《ほんだ》先生。

私たちは同じ時期に配属され、その時から仲がいい。新人の頃からお互いの苦労話をして励まし合っていた。そのうちに仕事帰りに一緒に食事をする間柄になった。おしゃれなレストランとかではなく、居酒屋ばかりだったけど。

話も楽しいし、私がいっぱい食べても笑って見ていてくれるのだ。

たまに『食べすぎなんじゃないの？』と言われたこともあったが、きっと体を心配してくれているんだと、前向きに受け止めている。

気がつけば恋心を抱くようになり、四年。

彼はナースからも女性スタッフからも人気があって自分には手が届かない人だし、このままの関係が続けばいい……

（あ、でも本田先生が結婚しちゃったら、一緒にご飯行けなくなるかなぁ）

「聞いてみたかったんだけど、ふーこちゃんは、本田ドクターとお付き合いしてるの？」

唐突に質問され、ポロッとコロッケを落としてしまう。

「ないです！　……絶対に！」

「あら？　あらあらぁ？」

気持ちを見透かされているみたいで、頬が熱くなるのを感じた。

「じゃあ、片想いね」

これ以上隠しきれない。コクリと頷いて視線を上げると、まさにその——本田先生と目が合った。

（聞かれた！　どうしよう）

けれど、本田先生は聞こえないふりをしているのか、本当に聞こえなかったのか、窓際のカウンター席に座った。……顔面蒼白に見えたのは、気のせいだろうか。

男性に女性として扱われたことがない私は、交際経験がない。

何度か片想いをしたことはあったが、告白しても玉砕するのが目に見えていて、チャレンジしたこともなかった。

「告白してみたら？　若いうちに恋愛しなきゃ干からびちゃうわよ」

「……いやぁ、なかなか」

ちらりと視線を動かして、本田先生の背中を見る。聞こえていたらかなり気まずいと思いつつ、残りのおかずを口に運んだ。


今日は緊急の患者さんが入院してきて大変な一日だった。

着替えを終えて更衣室を出ると、少し離れたところに本田先生が立っていた。

いつもだったら、このタイミングで出くわしたら、一緒に食事をして帰ろうという流れになる。けど、昼に先輩とのやり取りを聞かれたかもしれない。そう思うと、二人の間に重苦しい空気が流れているように感じた。

「本田先生、お疲れ様」

いつものように明るく話しかけたが、彼は嫌そうな表情を浮かべた。周りに人がいないことを確認して、近づいてくる。

「はっきりさせておきたいんだけどさ……。今日の昼、話が聞こえてきちゃって」

やはり私が本田先生のことを好きだと言っていたのが、聞こえていたみたいだ。恥ずかしくて頬が熱くなる。

「あぁ……うん……」

「悪いんだけど、ぶーこはそういう対象じゃない」

「わ、わかってるよ……そんなこと」

動揺を隠しながら答える。

「ぽっちゃりした子はタイプじゃないんだ。ただの友達としてしか見てなかったから、俺のこと、そういう目で見ないでくれない？」

大きく激しい打撃が襲いかかるのではなく、少しずつ冷たいものを体の中に流し込まれるような。そんなふうに、悲しみが広がっていく。

「太ってる人って自己管理ができていないと思うんだ。しかも、なんかちょっと汚い感じがするし。いや、ぶーこが汚いって言ってるわけじゃないんだけど……。性格は明るくて可愛いけど、知り合いとかに紹介するのはちょっとなぁ。医者やってるのにそんな彼女連れてるのか、とか言われたら嫌だし」

こんなひどいことを言う人を好きだった自分が恥ずかしくなってくる。

だけど言い返すことはせず、私は満面の笑みを浮かべた。

「あぁ、やっぱり聞こえてたんだね。そんな真面目な意味で言ったんじゃないよ。お医者さんとして素晴らしいから尊敬していて、それで好きだってことだから、き、気にしないで。じゃあ、お先」

そう言って、その場を立ち去る。これ以上冷静でいられそうになかった。急ぎ足で職員通用口から出ていく。

幼い頃から太りやすい体質だった。

シングルマザーとして育ててくれていつも仕事で忙しかった母に代わり、祖父母が美味しい料理をいっぱい作って食べさせてくれた。

母は私に寂しい思いをさせているからとおやつを買い与え、私の体にはだんだんと脂肪がついてしまった。

中学生の頃は体型を気にするようになって、食事を減らしたり、運動を頑張ったりしたけれど、なかなか痩せられなかった。

男子に『ぶーこ』とからかわれても、ブヒブヒと豚の真似をしてみんなのことを笑わせていた。

『ぶーこの意味わかる？』

『えー、なになに？』

『ぽっちゃりで、おブスって意味も込めているの』

中学生のとき、友人が陰でそう話しているのを聞いてしまってから、自分を卑下する癖がついた。

ただ、暗い性格では嫌われてしまうと思って、いつも笑顔で過ごすように心がけ、物事をいいふうに捉えるようにしていたから、友達だけはたくさんいる。

大人になった現在は百五十三センチ六十三キロ。今が人生で一番痩せているけれど、平均体重にはほど遠い。

この体型ではなにを着ても似合わない気がして、いつも地味なワンピースばかり。

まぶたは二重だけれど鼻と口は小さめで、かなり童顔だ。なるべく大人っぽく見えるように、前髪を横に流している。

入社後の飲み会であだ名の話題になり、深く考えずに話したところ、おじいちゃん先生や一部の男性ドクターがからかって『ぶーこちゃん』と呼ぶようになってしまった。

そんなふうに、小さい頃からいろんなこと言われてきたので、あまり気にしないようにしていたけど、今回ばかりはさすがにキツイ。

(嫌なことがあったときは、甘いものを食べて甘いお酒を呑んで忘れるしかない!)

ダメな方法だが、これが私のストレス解消法。

まっすぐ家に帰る気になれず、駅の近くにある高層ホテルのバーに入ってみた。

早速甘いお酒を頼んで何杯か呑んでいると、思い出すだけで悔しくて泣けてくる。

四年間、温めてきた恋心が一瞬にして玉砕してしまった。

その傷を癒すために、一人で涙を零しながらひたすら呑む。

「……あんな言い方しなくてもいいのに」

思わず小さな声でつぶやいた。

「どうぞ、ピンク・クレオールです」

すかさず目の前に置かれたカクテルをまた口に含んだ。

(あれ、これで何杯目だっけ？)

頭がぼんやりしてきて、体がふわふわしている。

アルコールには強くないので、このまま呑んでいたら記憶をなくしてしまいそうだ。

無事に帰宅できるか心配になってくるが、今は辛い気持ちを流し込んでしまいたい。

「大丈夫か？」

突然そう声をかけられて視線を動かすと、今をときめく俳優のような男前が立っていた。

心配そうに私の顔を覗き込んでくる。

清潔感のある黒髪。意志が強そうで、物事を冷静に判断しそうな瞳。綺麗な二重。筋の通った鼻と形のいい唇。身長が高くて、スーツの上からでも筋肉質なのがわかる。

こんなに完璧な容姿をした人を見たことがなく、振り返った姿勢のままフリーズした。

「呑みすぎはよくないぞ。急性アルコール中毒……って、えっ？　嘘だろ？」

男性が驚いたような声を出した。

顔をじっと見つめられたが、こんなにもイケメンの知り合いはいない。

「な、なんですか？」

「いや。きみは、なんで悲しそうにしてるんだ？」

「……失恋、です」

「へぇ」

男性はなぜか隣の席に腰かけると、カウンターに肘をついて手に顎を乗せ、視線を向けてくる。

「慰めてやろうか？」

「大丈夫です。間に合っています。からかわないでください」

「一人で呑んでいても、マイナス思考にしかならないぞ」

それは……たしかにその通りかもしれない。泣いても気持ちは静まらないし、過去に言われた辛い言葉ばかり思い出す。

(埒《らち》が明かないかも。それなら、甘えてみようかな……)

相当酔っ払っているのもあって、見ず知らずの人だったが、話してもいいかなと思い始めていた。

私は頷いてグラスを持った。彼がチンとぶつけてくる。

「で、どんな男に振られた？」

「お医者様です」

「医者が好きなのか？」

「いえ、そういうわけじゃなく。実は、看護師やってまして」

「ほう」

「好きになった人が医者でした」

「ふぅーん」

勤務先などの詳細は隠しながらも、体型が原因で振られたことを伝えた。

彼は聞き上手なのか、普段はこんなんじゃないのに、ついつい口が動く。

「私は小さい頃からぽっちゃり体型で、女の子として扱われたことがないんです。その上、あだ名はぶーこちゃん。名前が風子で……ぶーこになったんです。……私だって女の子扱いされてみたい。きっとこれからの人生、なにもないままで終わってしまうんです」

涙をポロポロ流しながら、カクテルを一口呑んでは弱音を吐く。

彼はそんな私の話を黙って聞いていた。

「体型については体質もあるから、努力しても痩せにくい人もいる。それに好みがあるから、その男の好みに合わなかっただけだと考えたほうがいい」

「こんなぽっちゃり体型の女性を好きになる人なんているんでしょうか？」

「あぁ、いるよ」

確信を持った様子で頷かれて、小さな希望の光が差したような気持ちになる。

しかし今日の私は、かなりネガティブ思考だ。

「いるわけないです」

「俺は可愛いと思うが」

熱い眼差しで見つめられ、溶けてしまいそう。体が火照《ほて》りだし、水を一気飲みする。

「もう、冗談はやめてくださいよ。心臓に悪いじゃないですか。はぁ……明日職場で会ったら、また思い出してしまいそうです」

このまま話を続けると彼のペースに乗せられそうで、話題を途中で変えた。

なのに！

「じゃあ、忘れさせてやろうか？」

破壊力のあるワードに、心臓がドクンと高鳴る。

「漫画みたいなセリフですね」

「そうか？　目の前に好みの女性がいたら逃したくないと思うのが、男の心理だ」

まるで私を狙っているみたいな口ぶり。

珍しい展開に勘違いしそうになるけれど、私を恋愛や性的な対象として見る人には出会ったことがない。

「話を聞いてくれたので、元気になってきました」

「それはよかった」

「ちょっぴりドキドキする経験もできましたし。……もう恋しないで、お仕事一筋で頑張っていきたいです」

「なにを言っているんだ。こんなにいい女を放っておくなんて、風子さんの近くにいる男は見る目がないだけだ。恋をしないなんて宣言するな。俺と恋愛すればいい」

さり気なく胸に響く言葉を言ってくれる。今日のこの出来事だけで、これから先、ずっと幸せに暮らしていけそうだ。

「優しいんですね。ありがとうございます」

それで終わりにしたつもりなのに、彼はブランデーを呷《あお》ると、会話を続けた。

「魅力的なのに、今まで誰かと付き合ったことはないのか？」

「ありません」

「キスやセックスは？」

「セッ……！」

フレーズだけで恥ずかしくて、頬が火照《ほて》ってしまう。

「あるわけないじゃないですかっ」

「それはもったいない」

たしかに、愛する人との行為はものすごくいいと聞いたことがある。

友達もそう話していたし、漫画や恋愛小説もそうだ。

女としての悦《よろこ》びを知らないまま生きていくのは、損しているのかもしれない。

「相手がいないとできません。なんなら、お兄さんが私の初めてを奪ってくれますか？」

少し重くなってきた空気を変えたくて、私のキャラではないけど、わざと冗談めかして尋ねた。

「あぁ、喜んで。たっぷりと、可愛がってやる」

けれど大真面目な顔でそう答えられたので、心臓を矢で射貫かれたみたいな衝撃が走る。

私とそういう関係になれると言ってくれるのは、稀《まれ》な人かもしれない。

今後、誰とも付き合うチャンスはないだろうし……一生に一度くらい経験してみたいけど……

酔っ払っているせいか、イケないことを考えてしまう。

「本気ですか？」

「俺は嘘をつかない」

（初めて会った人と……いいのかな……。悩むけど……委《ゆだ》ねてみたいかも…………やっぱり、ダメだよね。危ないよ。ダメダメ……でも……）

葛藤している自分に驚く。それだけ彼が魅力的なのだ。

「抱いてもいいって言ってくれただけで感無量です。じゃあ私は帰ります」

帰ろうと立ち上がったが、足元がふらついて倒れそうになる。

「危ない！」

頭を打ってしまうと思わず目を閉じたが、痛みは襲ってこない。目を開けると、彼が長い腕で私を受け止めてくれていた。

綺麗な顔があまりにも近くて、キスできてしまいそうな距離。

（こんな私を助けてくれた！　めちゃくちゃ紳士だよぉ。感動しちゃう）

涙を流す私を見て、彼は驚いた表情を浮かべている。

「こんなに素敵な人に女性扱いされて、感動しています！　本当にありがとうございます。救われました」

「一人で歩かせるのは危険だ」

そう言うと、彼は、私をお姫様抱っこした。

急に体が浮き上がり、夢を見ているのではないかと錯覚する。重いだろうに、軽々と持ち上げてしまう筋力に驚きを隠せない。

「お、下ろしてください」

「酔いが覚めるまで少し眠ったほうがいい。今日俺はこのホテルに部屋を予約してあるんだが、ツインルームに変更してもらえるか聞いてみる」

「えっ？」

なにを言っているのか理解ができない。

「急性アルコール中毒になったら危ないから」

バーの会計を部屋付けにすると、男性は私をお姫様抱っこしたままでフロントへ向かった。私をソファに座らせ、「連れの体調が悪くなったから」と事情を話している。

ツインルームが空いていたらしく、戻ってきた彼に体を支えてもらいながら歩いた。

そのままエレベーターに乗り、部屋へ案内される。

背中を押されて入室すると、大きめのベッドが二つに、テーブルやソファーベッドが置かれた立派な部屋だった。

「残念ながらスイートは空いていなかったみたいだ」

「……でも、この部屋、とても高そうですね」

支払いができるか心配だったが、それよりももっと不安なのは、見知らぬ男性とベッドのある部屋で一緒にいることだ。

困惑しながらも窓に近づいて外を見ると、東京《とうきょう》の夜景が一望できる。

「綺麗……！」

「そうだな。でも俺は……東京の夜景よりも風子のほうが魅力的に見える」

（いきなり呼び捨て？　でも、なんかいいかも）

「またご冗談を」

「さっきも言ったが、俺は嘘をつかないタイプだ」

自信満々に言われる。彼が近づいてきて私の頬を手のひらで包み込んだ。

「きみは自分を卑下する言葉ばかり言っている」

「はい」

「風子は、綺麗だ。すごく……どうにかしてしまいたいくらい」

初めて会ったのに、その言葉には嘘がない気がして、心がだんだんと温まっていく。

「こんな私でよければ……どうにかしてもらえませんか？」

酔いに任せて、自分でも驚く言葉を発していた。

「名前くらい……名乗るのが礼儀だな」

そう言うので、私は頭を左右に振った。

彼とはこの先、再び会うことはないだろう。

「そういうの、いらないです。私も大人ですからワンナイトラブを経験してみたい……。もし私の体で役に立てるなら、好きな人を思い浮かべてでもいいので……だ、抱いてもらえませんか？」

「煽《あお》りやがって……」

一瞬切なげな色が浮かんだ気がしたが、彼はすぐに情熱的な目をして顔を近づけてくる。彼が顔を傾けると、唇に柔らかいものが重なった。

（……私、キス……しちゃってる……）

これがファーストキスだった。まさか出会ったばかりの男性とキスをするなんて予想外だ。

小さなリップ音を立てて口づけが繰り返される。酸素を吸い込もうと少しだけ開けた唇の間に、舌が入り込んできた。緊張で固まった私の舌に、彼が自身のそれを絡ませてくる。

「ンっ、ンンっ……」

鼻から甘さを含んだ空気が漏れた。クチュリ、クチュリと卑猥な濡れた音が耳に届く。背中に添えられた彼の大きな手のひらから男の存在を感じて体温が上昇する。

全身がチョコレートになったかのようにとろとろになっていく。

(キスってこんなに気持ちがいいんだ……)

頭の片隅でそんなことを考えていた。上唇を挟まれたり、下唇を吸われたり、歯茎を舐められたり。口づけにこんなにバリエーションがあるなんて知らなった。

彼が呑んでいたブランデーの味がして、キスをするだけで頭がクラクラする。

アルコールのせいなのか彼のせいなのかわからないけど、酔いがさらに回って、体がふわふわとしてきた。

キスのその先の世界にも行ってみたい。唇が離れたので乞うように見上げると、うっとりした視線を向けてくれた。私の背中に手を回したまま、柔らかな微笑みを浮かべる。

「風子、綺麗だ」

「私なん、て……」

否定しようとすると唇を塞がれてしまう。わざとピチャピチャと音がするように舌を絡めてくるのだ。唇が離れ、再び上目遣いで彼を見つめる。

「これからは自分を否定するようなことを言ってはいけない。わかったか？」

「は、はい」

これまでこんなに私を肯定してくれる人はいなかったから、どんな反応をしたらいいのかわからない。

彼は私の髪の毛に手を差し込んで愛おしそうに見つめてきた。

「いい子だ。風子は誰よりも美しい」

そう言って、長い腕で抱きしめてくれる。

いつも私は大きな体だと言われてきたけれど、すっぽりと包み込まれてほわーんとした。初めて会った相手なのに抱きしめられて心底安堵する。とても不思議だった。

もう一度キスした唇が首筋に落ちてきた。チュッと啄《ついば》むように吸ってくるので、くすぐったくて身をよじってしまう。

「ひゃぁん」

「可愛い声を出すんだな？　もっと聞きたい」

そう言うとワンピースの上から鎖骨に触れてくる。でも、肉で埋もれてわかりにくいかも。

魅惑的な動きをする指が胸の膨らみに下りてきて、形をたしかめるように曲線を這う。

「柔らかい。風子の体はマシュマロみたいだ」

「……うふふ。面白い表現ですね」

そのまま指はウエストラインをなぞり、続いて腰回りに到達する。ゆらゆらと体が勝手に揺れる。

次に彼の手が、ヒップラインに触れた。

「いい体だな……。素晴らしい……。汚れていないなんて奇跡だ」

「そんなこと……んっ」

否定しようとするとまた唇を塞がれてしまう。今度は言葉ではなく瞳で『卑下したらダメだ』と訴えかけられて、コクリと頷いた。微笑んで頭を撫でてくれる。

スカートの裾から手が入ってきて、ダイレクトに太腿に熱が伝わった。男性の手はゴツゴツしているイメージがあったのに、こんなにも優しく触ることができるのかと感動する。

「……ッ、くすぐったい……」

官能的に触れられて、鳥肌が立つ。内腿に入り込んできたので、慌てて閉じて彼の手を挟んでしまった。そのせいでショーツ越しに彼の手の感触が伝わってくる。脚の間が熱くなって、お腹の中がキュンと疼《うず》いた。

いちいち反応する私が面白いのか、彼は楽しそうに笑みを浮かべている。

「こういうことに慣れてなくて……ごめんなさい」

「気にしなくていい。俺が全部教えてやるから。今日を忘れられない日にする」

耳元で囁かれたセクシーな声音に耳朶《じだ》が熱くなった。

体中を撫でられているだけなのに、快楽に包まれてしまう。

両手を上げて万歳する格好になると、胸が強調される。私の胸はかなり大きくて、腕の長さに合わせて服を買うと胸がきつくてパンパンになるので、購入する際は苦労するのだ。だから今日もいつものように、伸びやすいタイプの綿のワンピースを着ている。

彼の大きな手のひらにワンピース越しの胸を包み込まれた。私の反応をたしかめるように真剣な眼差しを向けられる。目が合うと、現実を受け止めるのが恥ずかしくて、つい視線を落とした。

そうすると、揉まれている自分の胸が目に入ってくる。淫らだ。頬がだんだんと熱くなり、額に汗が滲《にじ》んできた。

「男に揉まれるのってどう？」

「えっ？　き、気持ちいいです……ぁっ。んっ」

両胸を同時に揉まれ、私は官能の世界へ没頭していく。

「大きい」

「嫌い、ですか？」

「大好きだ」

その言葉が嬉しくてにっこりと微笑むと、またキスをしてくれた。

熱いため息を吐いて、顔を胸元に近づけて埋めてくる。まるで甘えているような仕草に胸がキュンとする。

ワンピースを脱がされて、私はブラジャーとショーツだけになってしまった。白衣に透けてしまわないようにと、ベージュのセット。色気がないので恥ずかしくて逃げ出したくなる。

今まで恋人がいなかったから、ほとんど機能重視の下着しか選んでこなかった。今夜こんなことになるのなら、家にある中で一番可愛いピンク色のレースのセットを身につけていればよかったと後悔が襲う。

それに、自分だけ興奮しているのではないかと心配にもなってきた。

他の人を想像して欲情してくださいとお願いしたけれど、そもそもこんなだらしないボディーを見て発情できるのだろうか。

「ごめんなさい……。こんな地味な下着じゃ、ムードぶち壊しですよね」

「いや」

彼はおもむろに私の手を握ると、自分の股間へ導いた。

(硬くなってる……！)

「好きな人のことを思い浮かべているんですか？」

「風子を見て欲情しているんだ。この責任を取ってもらうからな」

私の体を見て興奮してくれていると知り、感動で胸がいっぱいになる。見ず知らずの人なのに、すごくいい人だ。

「俺も脱ぐ」

そう言って、彼がネクタイを外してワイシャツをワイルドに脱ぎ捨てた。引き締まっていて、腹筋が割れている。まるで彫刻のようなとてもスタイルのいい体躯《たいく》だ。

一方の自分はプヨプヨで……羞恥心に襲われる。

彼は素早くスラックスを下ろす。

それを追うように視線を下げると、ボクサーパンツがもっこりと膨らんでいるのが目に入った。

互いに下着姿になると、もう一度抱きしめてくれた。素肌が触れ合い、幸せな気持ちに包まれる。

「風子、綺麗な肌だな」

「ありがとうございます」

顎を持って上を向かされ、情熱的な口づけを交わす。唾液が混ざり合い、銀色の糸が落ちた。キスをしながら移動して、ふと足がベッドにぶつかった。

そっと寝かされ、体が沈む。彼に組み敷かれ、首筋にキスを落とされた。

「んっ……あぁ……ンっ……」

糖分たっぷりな声が出てびっくりする。

彼は、口元に笑みを浮かべた。しかしすぐに真剣な目で私を見つめ、首筋をペロリと舐める。

肉厚な舌の感触が敏感な素肌を滑っていく。その唇がゆっくりと下がっていき、胸の谷間に到達した。

長い指がブラジャーの上から胸の弾力をたしかめる。触れられた場所から火がついたように熱くなり、呼吸が乱れた。

気がつけば、彼はブラジャーのホックを外していた。まるで手品のようだ。これほどのルックスなのだから、きっと女性の扱いには慣れているのだろう。

胸があらわになって、慌てて手をクロスして隠す。

「もっと、ちゃんと見せてくれ」

「は、恥ずかしいです……」

「気持ちよくしてやるから」

手首を頭上に持っていかれる。片手で両手を拘束されて、動かそうとしても彼の力にはかなわない。空いている手で円を描くように胸を揉みしだかれた。

「い、ぁ……んっ……あぁぁ……っ」

彼の手の動きに合わせて、唇から官能的なメロディーがあふれる。まるで自分が楽器になったみたいだ。

胸を執拗《しつよう》に揉まれるので、胸の先端がぷっくりと硬くなってきた。

そこにも触れてほしいと自己主張するように勃起をしている。

素直な体とは裏腹に直接お願いはできず、私は脚をもじもじと動かすことしかできなかった。

「風子、感度がいいな」

体が熱くなってジンジンと痺《しび》れる。これが「感じている」という証拠なのかもしれない。

自分だけどんどん気持ちよくなってもいいのだろうか。

熱い視線を向けてくる彼の指先が、乳輪に触れるか触れないかのタッチで刺激を与えてくる。胸の先端にある蕾《つぼみ》はさらに赤く膨れ上がり、若干の痛みすら覚えた。

しばらくそうしてから、ようやく、彼の手のひらが胸の先端を優しく撫でた。全身に走る甘美な刺激。まるで電流が流れているみたいだ。

「あぁぁっ……」

「可愛い乳首だ。ツンツンしてる。肌が白くて、乳首はピンク……たまらないな」

親指と中指で突起をつまんで、根本にキュウッと少し力を込められた。

「あぁぁんっ」

二本の指でつまみながら、先端を人差し指でこする。そこが一層硬くなるのが自分でもわかった。

もう片方の蕾《つぼみ》も同じように刺激され、頭が真っ白になってくる。

乳頭を弄《いじ》られるたびに体がクネクネと動いてしまう。

ふと、彼が身をかがめて胸の先に顔を近づけてきた。

（……なにするんだろう？）

彼が口を開け、赤い舌が伸びてくる。そして、チロチロと胸の先端を舐めた。

大好物を食べているような表情で、それを口に含む。そうして、もう片方の膨らみは丁寧に捏《こ》ねるのだ。

「……んっ、ぁあっ……ん……っ」

胸に彼の唾液がまぶされて艶《なま》めかしく光る。

「大きくて柔らかくて、本当に素晴らしい。ずっと触っていたい……。気持ちよくて……離したくない……」

うっとりした声で言われて、素直に嬉しい。こんなふうに思ってくれる人がいるんだと、気持ちが向上してくる。

思い出してみれば、今までの人生、自分のことを否定ばかりしていた。基本はプラス思考でいられるけれど、体のことはどうしても悪く考えてしまうのだ。

明るいふりをして頑張っていたけど、その努力が報われた気がする。しかも、王子様のように素敵でイケメンな男性に抱かれるなんて、夢のようだ。

「あっ……ン、ぁ……んんっ……」

切ない喘ぎ声が漏れる。

彼の右手が胸をクリクリと弄《いじ》りながら、左手はだんだんと肌の上を滑り、腹部に触れた。その手が太腿をさすって、ショーツの上に到達する。

「そろそろ、こっちも触ってみていいか？」

中指でトントンと叩かれると、ジンジンと快楽が響き、クチュッと濡れた音がした。

私はコクリと頷く。心臓の鼓動が速くなってくる。

ショーツの隙間から指が入り込んで、割れ目をツーと撫でられた。

「あぁぁんっ、あっ、あぁぁ」

急に大きな喘ぎ声が出てしまった。

「痛かったか？」

心配そうに声をかけられて、頭を左右に振る。あまりにも強い快楽だったので、声が大きくなってしまったのかもしれない。

彼は花びらを開き、滲《にじ》んだ蜜を指ですくうと、隠れていた硬い真珠に塗りつけて、これでもかというほど優しく触れる。

「んっ……あぁぁっ」

身をよじると、ショーツを脱がされ、一糸まとわぬ姿になった。彼が深いため息をつく。

「たまらない……」

膝の裏に手を入れて左右に大きく脚を開かれると、彼に丸見えだ。羞恥心に襲われて体を硬くしたが、彼の指に淫芽を捏《こ》ねられるとすぐに弛緩した。そして次から次と蜜があふれていることに気がつく。

（初めてなのにこんなに感じてるなんて……変態かと思われないかな……。でも、気持ちよくてこのまま委《ゆだ》ねていたい……）

彼を見つめると目の周りが赤くなっていて、興奮しているようだった。彼は身をかがめて秘処に顔を近づけてきた。漫画で見たことがあるシーンだ。

「き、汚いからやめてください」

「そんなことない。いい匂いがする……。初めてなのにすごくいやらしい香りだ」

恥ずかしくて穴があれば隠れたいくらいだけど、彼は私のことを絶対に否定しない。そういう確信があった。

息を吹きかけられてそれだけで反応してしまい、体がビクンビクンと震える。

「可愛いな……ココも」

彼は楽しそうに笑った後、隠れてコリコリになっている真珠をペロリと舐めた。そして飴玉《あめだま》のように執拗《しつよう》に転がす。

頭の芯まで一気に走り抜ける快楽に腰が浮いてしまう。

「……ぁっ、あぁ、ぁぁんっ……！」

滴り落ちる蜜をジュルジュルと吸われて、意識が飛んでしまいそうになる。

体中の血管が大切なところに集中しているような感じがして、今にも弾け飛びそうだ。

「ひゃぁああ、あぁぁぁん、なんか……気持ちよすぎて……変になっちゃうっ……あぁぁっ、あぁっ」

初めての私には少々強すぎる快感だ。シーツを握りしめて頭を左右に振る。

「外側で一回、イッておこうか」

舌の動きが加速し、ついに耐えられなくなって、私の中でなにかが爆発した。

一瞬呼吸が止まり、目の前がチカチカする。信じられないほどの甘美な感覚。

（これが……イッちゃうってことなんだ。すっごく気持ちいい……どうしよう……）

呼吸を乱している私に、彼が優しい瞳を向けてくる。

「風子、気持ちよかった？」

「……は、はい」

「じゃあ、もっと奥のほうで気持ちよくなってみようか?」

未知の世界を体験してみたい。

「お、お願いします……」

「了解」

彼が私の横で添い寝して背中に手を回す。抱きしめられているような格好だ。

彼の脚が私の片脚を挟んで、大きく開いた。背中にあった手が腰を撫で下ろし、敏感になっている花芯に刺激が与えられると、体温が再び上昇していく。

秘部全体を愛でるように撫でられた。

「あぁぁん、あっ……」

潤いの泉の浅いところに指が入り込んできて、ゆっくりとかき混ぜる。

充分に柔らかくなったそこに指が進んでいくが、未熟な隘路《あいろ》は狭くてなかなか奥にたどり着かない。

「狭いな」

「ごめんなさいっ」

「謝ることはない。俺のモノがしっかり入るように、時間をかけてほぐしていくから」

丁寧に扱われていることに感動を覚える。この時間が永遠に続けばいいのに。

明日からは会うことがない人だと思うと、切なくなってくる。

体の中に入ってくる異物感を覚えながらも、徐々に慣れてきた。

少し入っては手前まで抜いて、また少し奥に進める。じれったくなるほどの動きだった。

気がつくと違和感がなくなっていて、スムーズに抜き挿しできる状態になっていた。

その指のリズムに合わせて声が漏れる。

「あぁぁっ、んっ、あっ、あっ……んっ……」

指を二本に増やして、狭隘《きょうあい》が広げられていく。徐々に彼のモノを受け入れる準備が整っているのだ。

中指を深いところまで挿し込み、親指で真珠を捏《こ》ねられて、外側からも内側からも両方責められた。わけがわからなくなるほどの快感に身震いしてしまう。

彼は体を少しずり下げ、指を動かしながら同時に胸の先端を舐めた。

体のありとあらゆるところを刺激され、余裕がなくなっていく。

耳に届くのは自分のいやらしい声と、淫靡な水の音。再び弾け飛びそうになったとき、彼は動きを止めた。

どうしたのだろうと切なく見つめる。

「中でもイケそうだな……。指ではなく俺のモノでイかせたい」

いよいよ彼と一つになる瞬間がやってきたのだ。

彼は起き上がって下着を脱ぎ、どこからか取り出した小さな包みを口を使って引き裂いた。その姿がセクシーで様になっている。

小さくて薄いそれを初めて目にした。

素早く自らの滾《たぎ》りに装着すると、私に覆い被さった。

いつも避妊具を持ち歩いているのだろうか。これだけのビジュアルで、私のような人も優しく扱うのだから、女性に不自由はしないはずだ。ものすごい人数の経験があっても頷ける。

絶対に自分のものにはならないのに知らない相手に嫉妬心が湧き上がってきて、私はそれをかき消すようにぎゅっと目を瞑《つぶ》った。

眠り姫にするようにそっと口づけられる。目を開けるとこちらを射貫くような瞳とぶつかった。

「これは、先ほど購入してきたものだ。今夜は絶対に風子を自分のものにしたいと」

そういえば一緒に呑んでいたとき、「待っていて」と言って彼は席を外した。

お手洗いに行ったのかなと思っていたが、少々長かった記憶がある。その時間に近くのコンビニかどこかで購入してきたのだろう。

「いつも持ち歩いているプレイボーイかと……」

「交際していた人はいるが……最近はすっかりご無沙汰だった。俺には忘れられない人がいて、そのせいでいつもうまくいかなかったから、ここ数年は誰とも付き合わないことにしてたんだ。だから、もう三十三歳だが独り身だ」

「そうだったんですね……」

私を絶対にものにしようとしていたと言うからには、彼はぽっちゃりが好みなのかもしれない。珍しい人もいるものだ。

「その忘れられない人のことを頭に思い浮かべてもいいですよ。切ない思い出があるんですね」

ここまで大切に扱ってくれたことに感謝して、にっこりと微笑んだ。

「……看護師をしていると言っていたが、どこの病院に勤めている？」

「えっ？」

このタイミングで脈絡もなくそんな質問をされるとは思わなかった。

私が口ごもっている間にも、脚が大きく開かれて、彼の体が入り込んでくる。

背中に手が回って顔が近づき、答えを促される。その間も大切なところに彼の熱の塊が当たっていて落ち着かない。

「……プライバシーのことなので言えません」

「ここのホテルで呑んでいたということは、近くの病院と推測するが」

どうして執拗《しつよう》にそこまで聞いてくるのか。

（もしかして私の体を気に入って、セフレにでもしようとしているの？）

イケメンとこんな時間を過ごせるのは幸せだけど、セフレは勘弁してほしい。今はよくても、結局傷つく未来が見えているから。

絶対答えないというように口を引き結ぶと、彼は瞳に怒気を滲《にじ》ませた。太腿の裏側に手を添えられ、さらに開脚される。

その脚の間から見えた彼の腹筋。

そしてはちきれんばかりの男性の象徴。

あんなに大きなモノが自分の中に入るんだろうか……

彼は怒りを言葉にすることはなく、私の泥濘《でいねい》に滾《たぎ》りの先端を沈めてきた。指とは比べものにならないほどの圧迫感。

「深呼吸して……」

促されるまま、大きく息をついて呼吸を整えようとした。それでも緊張で強張ってしまう。

彼は笠の部分だけを入れた状態で体を折り曲げて、愛情たっぷりのキスをしてくれた。

本当に愛されているみたいな錯覚に陥《おちい》り、涙がポロリと零れる。

(彼の名前を呼びたい。でも一夜限りの関係だから……深入りしてはいけないのに……)

彼が涙をペロリと舐めた。

「甘い。嬉しいのか？　それとも……」

なにを言っているのかとキョトンとしてしまう。体内に彼の一部が入り込んでいるのが落ち着かなくて、思考が追いつかない。

「涙にも種類があるんだ」

「そ、そうなんですね……あぁっンッ」

急に圧が強くなったので驚いて声が出てしまった。

「悪い。風子が可愛くて……膨張してしまったみたいだ。入れるだけで達してしまうかもしれない」

そう言って、彼はゆっくりゆっくり奥へ進む。途中までは平気だったけど、あるとき、隘路《あいろ》が引き裂かれるような痛みに襲われた。

「んっンンンンっ」

自分からお願いしたというプライドが邪魔をして、素直に痛いと吐露することはできない。

眉間に皺《しわ》を寄せてなんとか耐えていると、彼が親指を花芯に当て、左右に揺らす。すると甘い電流が腰の辺りまで流れ込んできて、痛みが軽減された。

その瞬間、体の力がふんわりと抜けていく。

隙を突くように、彼は自らの滾《たぎ》りを奥深くまで挿し込んだ。

「あぁっ……！　んっ、あぁぁっ」

「奥まで入った」

そのまま動かないでじっとしていてくれる。彼の体の一部分が自分の中に入っているのが、不思議でたまらない。

「……すごい、おっきい」

「そんな顔で、エロいこと言うな。反則だ」

（普通のことを言ったのに、なんで反則なの？）

体を折り曲げ、また私のことを抱きしめる。

「どこの病院に勤めてるんだ？」

そして、また同じことを聞いてくる。

「まさかストーカーにでもなるつもりですか……ぁっ、んっ」

そう聞き返すと、私が言い終わるかどうかのタイミングで、彼がゆっくりと腰を動かし始めた。

ぎりぎりまで抜いて、奥まで滑らせる。何度か繰り返されると、私の中であふれている蜜が潤滑油となって、滑りがよくなってきた。

緩慢な動き。そのたびに、パチュ、ピチュと淫らな音が聞こえてくる。

「馴染んできた」

「……は、はいっ……なんか、変わった……感覚……です。これがセックス……なんですねっ、あっ……んんっ」

「あぁ、そうだ。俺と風子はセックスしてるんだ」

腰をぐるりと動かしてかき混ぜられる。

「はぁぁっ……ひゃん、あっ……」

体の一部が彼の形に作り変えられていくようだ。それが嫌だとは思わない。

奥深いところを突かれると甘い声があふれる。

「はぁん……ああぁっ」

いつしか痛みもわからなくなり、官能的な空気に没頭していた。

愛蜜の匂い。彼の熱い吐息。触れ合う肌の感触。全部……忘れない。

(こんなの、忘れられるわけないよ)

自分の体が愛しいって思えるほど、大事に抱いてくれる。

「風子、よくなってきたか？」

「すっごい、です。奥が……溶けちゃいそう……あっ、あっ、ンッ……」

熱の塊に私の蜜をまとわせ、強く腰を打ちつけてくる。

肌と肌がぶつかり合う音が響き、ベッドのスプリングがギシギシと鳴る。

彼の手が伸びてきて、勃起した胸の先端を捏《こ》ねられ、体の感度が高まっていく。

「アッ……ンッ…あぁぁん、ンッ……」

抜き挿しするスピードがだんだんと速くなり、蜜壁が何度もこすられる。

彼は私の腰の横に手をついて、深いところをえぐる。

自分の体の中にこんなにも敏感な部分があったなんて知らなかった。

目を開けると、額に汗を滲《にじ》ませてうっとりとした眼差しでピストン運動を繰り返す、名前の知らないイケメンがいる。

なぜかどこか懐かしさを覚え、必死でなにかを思い出そうとした。

「あぁぁん、また……イッちゃう……」

けれど、快楽でその思考はかき消され、淫らな嬌声を上げて、すべてをさらけ出していた。

「俺もだ」

私の体を味わい尽くそうとするように、熱杭をねじ込んでくる。そこで軽く達し、さらに激しく打ちつけられ、私は背を反らして絶頂を迎えた。

彼は私の腰をガッツリと押さえて、一心不乱に腰を振る。

自分の中にいる彼がさらに熱く硬く膨張し、二人同時に果てたのだった。

(知らない人と体を重ねちゃった……。気持ちよかったなぁ……)

そんなことを考えながら、体の力が抜けて動くことができない。

一度離れた彼が、再び私を力強く抱きしめる。

話しかけようとしても眠くてまぶたが開かない。そのまま私は深い眠りに落ちていった。


目が覚めると背中に体温を感じた。

夢を見ているのだろうか。……いや、違う。

昨夜、私はワンナイトラブを経験してしまったのだ。

体にはまだ昨日の名残がある。

記憶は断片的だけれど、間違いなく昨夜、超絶イケメンに抱かれたのだ。

(泥酔して大胆なことを言っちゃったんだ……わぁ……恥ずかしすぎる)

後ろの彼はまだ眠っているみたい。

私の体を抱きしめる手をゆっくりと避けて、起こさないようにベッドから抜け出した。

振り返って見ると、見惚れてしまうような美形の男性だった。

（こんな素敵な人に抱かれたんだ……。一生の思い出にしなきゃ。私みたいなぽっちゃりガールはもうこういうチャンスはないだろうなぁ）

いつものようにマイナス思考に沈みかけたが、卑下するなと言われたことを思い出す。今までの人生でこんなにも体型を気にするなと言ってくれた人はいない。

名前も知らない人だけど、惚れてしまいそう。

しかし、これは自分で決めた一夜の火遊び。これで少し人間としてレベルアップしたかな。

彼が目を覚まして、酔いも覚め、なんだこの女と思われる前に姿を消そう。

そう考えて、床に散らばっている下着や服を拾い集めて着替えていると――

「おはよう。今日は土曜日だけど出勤なのか？　ということは、病棟勤務の看護師？」

声をかけられてギョッとして振り返ると、彼がベッドに横になったまま肘をついてこちらを見ていた。

「おはようございます……」

急いでワンピースを着て、おそるおそる彼に近づく。

「昨日のことを覚えていますか？」

「もちろん。全部覚えてる。太腿の内側にほくろがあることとか、乳首の色も……」

「わー！　やめてくださいっ。忘れてください！」

私は慌てふためいているのに、彼は余裕たっぷりの表情を浮かべている。

「風子、俺と付き合おう。……いや、結婚してもいい」

「はい？」

(結婚なんて……本気なの？)

起き上がってボクサーパンツ一枚の姿のまま、こちらに近づいてくる。太陽の光が当たると、なおさらいい男だというのが強調されるようだった。

「俺は本気で言っている。まずは、連絡先を……」

彼がスマホを探し始める。視線が逸れた隙にダッシュで逃げようと、自分のカバンを手に持った。

走り出そうとして、力強く手首をつかまれる。カバンの中身を床にぶちまけてしまった。

慌てて拾っていると、彼もしゃがんで手伝ってくれる。

ところがすぐにその動きが止まったので、どうしたのかと見ると、手には私の職員証があった。

(身バレしてしまう！)

取り返そうと手を伸ばすと、彼は驚くほどすんなりと返してくれた。

やっぱり知らない男性とは寝るべきじゃない。

もしこの人がうちの病院に入院してきたら、めちゃくちゃ気まずいじゃないか。

素晴らしい人に抱かれたことはとても幸せな出来事だったけど、これからは絶対にこんなことしないと心に誓う。

その後は引き留められることもなく、逃げるようにホテルの部屋を退出した。

◆

あの素敵なイケメンに抱かれてから一週間が過ぎていた。忘れようとしても、熱い眼差しや優しく触れてくれたことが忘れられない。

本当に素敵な人だった。

今日は夜勤で、同期の園田真由香《そのだまゆか》と先輩の中山《なかやま》さんと一緒に勤務中だ。

ナースコールは鳴らず、緊急の患者さんも今のところ入ってこず、平和な夜である。

パソコンでカルテを入力して、夜中に交換予定の点滴を確認し、一息ついた。

「ねー、聞いた？」

真由香が話しかけてくる。彼女は胸が大きくてウエストがキュッと締まっていてヒップラインがとても美しく、ナイスバディだ。サラサラのボブヘアーに、大きな二重と色っぽい唇。

女の私から見ても惚れてしまうほど素敵な容姿をしている。そしてコミュニケーション能力が長けていて、病院内のスタッフとはほとんど仲よし。なので情報通なのだ。

「ん？」

「明後日から配属されるドクターのこと！　三十三歳の若さにして、心臓の手術では右に出る者はいないほど優秀なんだって。しかもアメリカから帰ってきたばっかりらしいの。めちゃくちゃすごい人なんじゃないかって期待してて」

「そうなんだ……」

普段こういう話にはあまり興味を持たない中山さんが、眼鏡をクイッと上げてこちらを見ている。

「アメリカでもかなりの件数の手術をしてきたそうね。私たちも学ぶことが多いんじゃないかしら」

さらに珍しく会話に参加してきた。

「そんなすごい先生が心臓外科医でよかったよね。だって一緒に働けるんだもん」

真由香はまだ見ぬ相手を想像して瞳をキラキラと輝かせている。

「しかも独身なんだって」

「独身……なの？　へぇ、そう」

いつも冷静な中山さんが真っ先に反応した。

優秀で独身で結婚適齢期。多少容姿が悪くても、病院のスタッフから特別な視線を向けられる存在になるに違いない。

「イケメンだったらどうしよう」

真由香が自分の体を抱きしめながらキャッキャと言う。真夜中なのにテンションが高いんだから。

「想像力豊かね」

中山さんもどこか楽しみにしているようだった。

二人の話を聞いているだけでも、生きる世界が違う人のような気がして、恐れ多い。

仕事ができて優秀なドクターって、患者さんの心に寄り添わない人もいる。……偏見かもしれないけど。

そして、いよいよ新しい先生が来る日を迎えた。

朝のカンファレンスに参加し、締めくくりに看護師長から話があった。

「本日から新しい先生が着任されます。よろしくお願いいたします」

その間にナースステーションに入ってきたのは、回診前の医者軍団。これから、医長を筆頭にドクターたちが病棟内を回るのだ。そのタイミングで朝のカンファレンスが終了する。

「おはよう、今日から新しい先生が赴任した。紹介するよ。桐生利久斗《きりゅうりくと》先生だ」

きりゅう、りくと。

一歩前に出たその人の顔を確認する。私はあまりの驚きに息を呑んだ。

(し、信じられない……！　なんで？)

「初めまして。桐生と申します。どうぞよろしく」

桐生先生がそう言って頭を下げる。

背が高くて、清潔感のある黒髪、意志の強そうな瞳に綺麗な二重。筋の通った鼻と形のいい唇のイケメン。

なんと、新しく来た噂のドクターは、十日前に一夜を共にした彼だった。

つい、他の看護師たちの反応を見回す。みんな目がハートになっている。

自分の存在に気づかれないように人影に隠れ、彼がナースステーションを出るのを待つしかない。

ところが医者軍団が出て行くときにバッチリ目が合ってしまった。他の人には気がつかれないようにアイコンタクトを送ってきた気がする。

(気のせいだよね。あんなイケメンが一夜限りの相手を覚えてるはずない！)

「今日の担当は河原さんよ。早く行って」

「は、はい！」

看護師長に促されて、私は慌てて医者軍団を追いかけた。その日の出勤者の中から一名、医者の回診についていかなければならないのだ。

ぼんやりしている場合ではない。気を取り直してナースステーションを後にした。

「体調はいかがですか？」

「かなりよくなってきました」

「食欲も出てきてよかったですね。順調にいけば来週退院できますよ」

患者さんには主に主治医が話しかけることになっている。状態を共有できるように、毎日こうして回っているのだ。

桐生先生の背中を見ると、頭一個分、他の医者より高い。白衣がものすごく似合っていて、テレビドラマの世界に入ったみたいだ。

こんな素敵な人に抱かれたなんて、あれはやっぱり幻だったのでは……

「おはようございます。今日は顔色がいいですね」

「そちらにいらっしゃる先生は？」

七十代の年配女性の患者さんが、医者軍団の後方にいる桐生先生に視線を送って頬を桃色に染めた。

「新しく赴任されたドクターですよ」

「あら、まあ！」

慌てて髪の毛を手で梳《と》かす。その様子を見て、ちょっぴりぽっちゃりした背の低い主治医は苦笑いを浮かべていた。

桐生先生とすれ違った人たちはみんな、掃除をしているスタッフも、検査臨床心理士も、看護助手も、有名な芸能人を見たかのような視線を送る。めちゃくちゃ注目の的だ。

こんなにパーフェクトな人がいるのだろうかと思ってしまうほど。

回診が終わり、ナースステーションに入ろうとすると、手首をつかまれた。

誰かと思えば桐生先生だ。そのまま階段のところまで連れていかれる。

「風子、会いたかった」

「……やはり同一人物なんですね」

「正解。会えて嬉しい」

「申し訳ないですが、あの日の夜のことは忘れてください」

深く頭を下げると両肩をつかんで上半身を起こされる。そして至近距離で目が合った。

「忘れられない。俺は本気なんだ」

なんで私にそこまでこだわるのかわからない。

困惑しながら見返したけれど、彼は「これからもよろしく」と言って外来の診察に向かったのだった。

本田先生に恋愛対象として見られないと言われてかなり落ち込んでいたが、ワンナイトラブを経験した相手と同じ職場になったことのほうが、ダメージが大きくなってしまった。

でも、まずは仕事しなきゃ。


「要至急検査のものがあるので、提出してきます」

「あ、ふーこちゃん。そのついでに八一一号室の神田《かんだ》さん、レントゲンが終わったみたいだからお迎えに行ってくれる？」

「わかりました」

先輩看護師に頼まれて私は素直に頷いた。たびたび桐生先生のことが頭の中に思い浮かぶけど、仕事中なのであまり考えないようにする。

――俺は本気なんだ。

目が真剣だった。

階段を下りていると、本田先生に出くわした。

「お、お疲れ」

「お疲れ様」

あんなふうに振られて泥酔するほどショックだったのに、今は考える余裕が全然ない。むしろ本田先生のほうが気まずそうにしているようにも見える。

「あのさ」

「なに？」

「女性としては見ることができないって言ったけど、友達としては平気だから。今まで通り一緒に飯行こうぜ」

彼のこういう優しいところが好きだったのかもしれない。縁を切りたいと言われたわけじゃないんだから、今までのように付き合っていけばいい。

異性として見ていた時間が長かったけど、可能性がないのなら諦めるしかないのだ。

「大丈夫だよ。気にしてないから」

私は急ぎ足で階段を下りた。

検査のための血液を届けてから、レントゲン室に神田さんを迎えに行く。神田さんは朝の回診で桐生先生を見て興奮していた年配の女性だ。

「お待たせしました。では病室に戻りましょうね」

車椅子をゆっくりと押し始める。

「あんなに素敵な先生がいらっしゃったなんて驚いてしまったわ」

「ええ、そうですね」

「看護師さんの中でも大人気になるじゃないの？」

「そうかもしれないですね」

神田さんを部屋まで送り届けると、ランチタイムになった。今日は日替わりメニューが美味しそうだったので、お弁当は持ってきていない。

真由香と社員食堂に向かっている途中、たまたまタイミングが合ったので、本田先生も一緒に食べることになった。

それぞれ食事を選んで私と真由香が並んで座り、私の目の前に本田先生が腰をかける。

「桐生先生、予想以上のハイスペックドクターだったね」

「う、うん」

「あちらこちらで争奪戦が巻き起こっているみたいだぞ」

「すでに何人かのナースがアプローチしたとか聞いたよ。すごいわ」

本田先生と真由香が興奮したように話している。

ランチをしている間も、周囲の女性スタッフが何人も「桐生先生」と口にしていた。

そうして食事を楽しんでいると、ふいに食堂内に黄色い声が上がる。

そちらへ目を動かすと、噂の元となっていた桐生先生が白衣をなびかせて入ってきたところだった。

見つからないように体を縮こませる。しかし、彼は迷わずこちらに向かってきた。

「お疲れ様」

「お疲れ様です！」

真由香が笑顔で挨拶に応じた。

「もしよかったら、こちらの席に座ってもいいか？」

「どうぞ」

明るく積極的な真由香が答え、桐生先生が本田先生の隣に座る。

こんなに注目の的の先生と関係があったということは、絶対にバレてはならない。

他言無用でお願いしますと、どこかのタイミングで伝えなきゃ。

「桐生先生とお食事できるなんて感激です！　ね、風子」

真由香が同意を求めてくるので、私は曖昧に頷いた。

すると本田先生が苦笑いを浮かべる。

「園田ナースとぶーこには手が届かない、すごい先生なんだぞ」

「そんなのわかってますよ」

真由香がぷくっと頬を膨らませ、ふざけて怒っているような表情をした。その顔が羨ましくなるほど可愛い。

一方で、その正面に座っている桐生先生が渋面を作る。

「ぶーこって、河原さんのことか？」

「あ、はい。ぽっちゃりして豚みたいなんで」

悪気のない様子で本田先生が言う。私は慣れているので笑顔のままだ。とにかく桐生先生が変なことを言わないか、それだけが気になって仕方がない。

「女性に対してその言い方はどうなんだ」

噂の桐生先生がいることもあって、私たちの会話は周りのスタッフに注目されていた。

私を女性と言ってくれるのはありがたい。でも、ちょっと周囲の視線が痛すぎる。

「桐生先生、私は大丈夫です。小さい頃からそう呼ばれているので愛着もありますし」

「俺は納得できない。ふーこちゃんでよくないか？」

真剣な眼差しを向けられると、ついあの夜を思い出して頬が熱くなった。

あのときからずっと優しいのだ。こんな発言をされたら胸がキュンキュンしてしまう。

失恋したばかりなのにこんな気持ちになるなんて、自分が信じられない。

私がドギマギしている間にも、周りからは「桐生先生、優しい！」という声が聞こえてきた。

「本田先生、これからはぶーこって呼ぶのはやめてほしい」

桐生先生に咎《とが》めるように言われた本田先生は、ばつの悪そうな顔をする。

「あ、はい……そうですね」

反省しているというより、とりあえずで返事をしているようだ。桐生先生のほうが目上なので、反発するわけにもいかないのだろう。

「今の話を聞いていたスタッフも、不快になるあだ名は禁止したほうがいい」

自然と賛同の拍手が湧く。

桐生先生は満足そうな笑みを浮かべてこちらを見た。

自分の体型は自覚しているのであまり気にしていなかったけど、でも守ってくれたような気がして嬉しい。私は思わず照れ笑いを返した。


「桐生先生、めちゃくちゃかっこいいんだけど！」

「そ、そうだね……」

昼食を終えてナースステーションに戻りながら、隣で興奮しているのは真由香だ。本田先生は一足先に戻ったので今は二人で歩いている。

「っていうかさ、あんなふうに守ってくれる桐生先生ってすごく素敵。仕事ができるだけじゃなくて性格もいいんだね。患者さんにも寄り添った対応してるの見てさぁ、マジで惚れちゃいそう！　……でもさ」

勢いよく話していた真由香が突然、冷静な口調になる。

「風子のこと、もしかして気に入ってるんじゃないの？」

「まさか。そんなことありえないよ」

「食事しているときも、ずっと風子の顔ばかり見てたんだよね」

「気のせいじゃないかな？」

こうして再会できたのはひょっとしたら運命かもしれないと期待したけど、あれほど素晴らしくて人気もあるし、私には不釣り合いだ。

それにもうしばらく、人のことは好きになりたくない。恋愛をして傷つくのが怖くなってしまったから。

◆

桐生先生が赴任してから一週間。病院内ではまだまだ注目の的だ。

院内で顔を合わせることが何度かあったけど、さすが人気のドクターである。鉢合わせして話しかけられそうになっても、忙しいようで、携帯が鳴ってすぐに呼び出される。

外来で担当している患者さんもかなりの数らしく、入院患者さんも増えて、ベッドの空き待ちをしている人も多いらしい。県外からも桐生先生の手術を求める声が増えているそうだ。

そして今夜は、そんな桐生先生の歓迎会が行われる。

夜勤の人は参加できないと言って残念そうにしていた。それなら私が代わってもいいと提案したが、そんなわけにもいかず……

欠席したいところだったけれど、断る理由も見つからず、出席することになった。

会場は病院の近くにある、歓送迎会なんかでよく使わせてもらっているイタリアン居酒屋。

私がお店に到着すると、すでに着いていた数名のドクターと病棟と外来の看護師たちがちょうど店内へ入るところだった。春なので暖かいけれど、薄い上着を着ている人が大半だ。

「ああ、ちょうどよかった。ぶーこちゃん、これかけておいて」

集団にくっついて入店すると、ふと一人のドクターがそう言って、私に上着を差し出す。つい受け取ると、他のドクターも次々に私に上着を渡した。

困惑しながらも両腕に上着を抱え、ハンガーを見つけてそちらに向かおうとしたとき、桐生先生が入ってきた。

私の様子を見て目を大きく見開いている。

「お疲れ様」

「お疲れ様です。先生の上着も、ここに載せてください」

「なんで風子がそんなのを持っているんだ」

他の人には聞こえないように小さな声で質問してきた。答えないでいると眉毛をピクリと動かした桐生先生が大きな声を出した。

「なぜ彼女が一人で上着をたくさん持ってるんだ？」

その声を聞いた他のドクターが近づいてきた。

「桐生先生、彼女は体格もいいし、スタミナもあるので大丈夫ですよ」

こうやって女性扱いされないのはしばしば。だからもう慣れっこだ。

「女性を大切にできないのか？」

「大丈夫ですよ。ぶーこは女じゃないんで」

会場内に大爆笑が沸き起こった。

「ふざけるな。正真正銘の女性だろう」

私のために怒ってくれている。それだけで感動してしまいそう。

桐生先生が私が抱えた上着を取って、次々とハンガーにかけていく。それを見て、他の人たちが慌てて駆け寄り、自分の分は自分でかけ始めた。

私のせいで気まずい空気になってしまった。

「みなさん、まずは席に着きましょう」

真由香が明るい声で仕切ると、場の空気が少し和む。それぞれ席に座りだした。

私は一番左の席に座る。隣に座ってくれたのは真由香。桐生先生は中心にいる。

飲み物が運ばれてきて乾杯をする。料理はどれも美味しそうだけど、あんまり食べるとまた太ったとか言われそうで、食欲がない。

桐生先生のほうをたまに見ると必ず目が合う。そのたびに私はドキドキしていた。

二時間の歓迎会が終わった頃、外は雨が降っていた。お店の軒先で傘を差した途端に、背後から手が伸びてきてドクターに奪われてしまう。

「ぶーこちゃんは脂肪があるから大丈夫だろ？」

なんかもう、小学生並みだ。仕事はかなりできるのに。

そのドクターは外来で人気の美人ナースに近づいた。

「傘忘れたの？　風邪引いちゃうよ」

私の傘を差して中に入れている。

「ありがとうございますぅ」

やっぱり男性はああいうスタイル抜群の女性が好きなんだ。せっかく美味しいものを我慢したのに、こんな仕打ちに遭うなんて。

さすがの私も少しテンションが下がってしまうけれど、まあ仕方がない。

真由香に愚痴を聞いてもらおうと探すと、若手ドクターに話しかけられて瞳をキラキラさせている。医者と結婚するのが夢だと語っていた彼女にとっては大チャンスだ。邪魔しないようにしよう。

雨の中を歩き出そうとした私の頭の上に、ふいに傘が差される。誰だろうかと頭を巡らすと、隣に桐生先生が立っていた。

「どうしてこんなに可愛いのに、意地悪をしてくるんだろうな」

私にしか聞こえないような声で言うと、桐生先生は私に傘を持たせる。そして、私から傘を奪ったドクターに近づいた。

「人の傘を奪うとはどういう神経をしているんだ。河原さんは女性なんだぞ。体が冷えたら大変じゃないか」

「ちょっとした冗談ですよ」

「やっていいことと悪いことがあると思うが。まあいい。今日は俺が河原さんを送っていく」

まさかの展開に私は何度も目を瞬かせた。周りにいる桐生先生を狙う女性スタッフたちも驚いた表情を浮かべている。

彼は颯爽と私のところに戻ってきて傘の中に入った。背中にそっと手を添えられ、ゆっくりと歩き出す。

「じゃあ、みなさん、今日は歓迎会ありがとう。失礼する」

クールな表情を浮かべて何事もなかったかのように歩を進めるので、私も一緒に行くしかなかった。

しばらくして同僚たちの姿が見えなくなった頃、桐生先生がおもむろに口を開く。

「これまでもあんなにひどいことをされていたのか」

「あんまり気にしてないですよ。ぽっちゃり体型なのは事実ですし」

ニコニコと笑って返すと彼は切なそうな目をした。

「平気そうにしているが、そんなわけないだろ」

「大丈夫です。それよりも桐生先生、私のことかばったりすると、私みたいなぽっちゃりが好きなんだと、変な噂が広がってしまいますよ」

「構わない」

はっきりと答えられて私は固まってしまった。思わず足が止まる。

「俺は風子が太っていても痩せていても、どちらでも好きになっていた自信がある」

さらりと告白されたが、冗談を言っているのだと、それには答えず再び歩き出した。

「もう大丈夫です。一人で帰れますので。あと、桐生先生はとても人気があります。あの日の……私と関係があったということは誰にも言わないでもらえますか？」

「俺は風子を自分のものだと公言して、他の男に指一本触れさせたくない」

「ちょっと待ってください。いつ私が先生のものになったんですか？」

私は本気で怒っているのに、彼は楽しそうに笑っている。からかっているに違いない。

「そうなればいいなと思っているだけ」

「もうやめてください。……なんかお腹すいちゃいました。あの場ではまた大食いだとか言われそうで嫌だから、我慢していたんです。これからちょっと食べてから帰るので……ここで」

傘を返して軽く頭を下げ、先に行こうとしたら手をつかまれた。

雨の中、至近距離で見つめられて心臓が早鐘《はやがね》を打つ。

別に、先生のことが好きなわけじゃない……はず。

他の人より少しばかり私を女性として扱ってくれるので、気になっているだけだ。

今までの人生で女性として優しくしてもらったことがないから、過剰に反応してしまう。

それに振り返ってみても、こんなに完璧なイケメンとは出会ったこともなかった。

「俺も話しかけられてばかりであまり食べられなかった。もしよかったら一緒に行ってもいいか？」

まさかの展開に私は困惑した。

「いいですけど……私が今食べたいのは全国どこにでもあるチェーン店の牛丼ですよ。それにミニうどんをつけたいです。先生のお口に合うかわかりません」

「そんなの食べてみないとわからないだろう。同行する」

なぜか一緒に牛丼屋に向かうことになってしまった。

店舗に入ると、桐生先生は物珍しそうにキョロキョロと顔を動かしている。

「こういうところには、いらっしゃったことはないんですか？」

「初体験だ」

（今までどんな生活をしていたの？）

私が遠慮なくがっつり食べるところを見たら、こうやってしつこくつきまとうこともなくなるだろう。牛丼の大盛りとミニうどんのセットを券売機で購入した。

続いて桐生先生も注文して、二人掛けのテーブルに向かい合って座る。やがて料理が運ばれてきた。

彼が注文したのは超特盛牛丼とうどんのセットだ。

「そんなに食べるんですか？」

「食べることが好きなんだ。昔は太っていたくらい」

「どうやってそんなにお痩せになったんですか？」

「仕事が忙しくて、気がついたら肉が落ちていた感じかな」

「そうだったんですか」

「ここの牛丼は、こんなに安くてうまいんだな。癖になってしまいそうだ」

大きな口を開けて美味しそうに食べる姿を見ていると、こちらまで満たされてくる。相手に気を遣わないで食べられるなんて幸せだ。

「風子が食べている姿を見たら嫌なことも忘れて楽しい気分になるな」

「そう言っていただけて幸いです」

楽しく会話をしながら食事を終えて二人で外に出た。

アルコールも呑んでいたし体が温かい。雨はすっかり上がっていて、散歩するには心地がいい気温だった。

「先生はどちらにお住まいなんですか？」

「まだアメリカから帰ってきたばっかりで、今はホテル暮らし。この前、風子を抱いたところで生活してる。でも来週からは予約が入ってるみたいだから、出て行かないといけないんだ」

（わざわざ抱いたとか言わなくてもいいのに）

あの日の夜のことを思い出して体がムズムズしてくる。女性としての悦《よろこ》びや快楽を覚えてしまったこの体は、時折あの夜を思い出してはほんのりと熱を帯び、脚の間が落ち着かない気持ちになる。

そんなことは口が裂けても言えないけれど、あの貴重な経験を後悔はしていない。

ただ、同じ病院で働かなければならないという、運命のいたずらに頭を悩ませているところである。

「風子の好きなやつって……本田だろ？」

「……正確に言えば『好きだった』です。友達としてはいい人ですが、体型で人を判断するところは受け入れられないですね」

「ショックから立ち直ってるみたいでよかった。心配していたんだ」

桐生先生は優しい。恋人だったら絶対に大切にしてくれそうだ。

（でも私とは不釣り合いだよね）

甘い妄想をかき消すように足を動かす。

「家はどこ？」

「ここから歩いて帰れる場所です」

「危ないから送る」

「いえ、そこまで気を遣っていただかなくても大丈夫ですよ」

けれど、何度断っても一向に帰してくれる気配がなかったので、諦めて家まで送ってもらうことにした。本当に、このまま歩いて帰れる距離なのに。

「こうやって歩いていると恋人みたいな気持ちになる」

「……そうですか？　彼女はいらっしゃらないんですか？」

「恋人がいたら、あんなふうに、風子のことを抱かないぞ」

さりげなく手を握られて、しかも指を絡ませて恋人つなぎになった。

桐生先生がなにを考えているのかまったくわからない。

恋人じゃないのに手をつないで歩くのはおかしい。そう思うのに、強く握られていて離すことができない。

「俺と風子、過去に会ったことがあるんだけど、思い出せないか？」

「――えっ？」

衝撃的な発言に頭が真っ白になった。

思わず歩みが遅くなる私の手を引いて、桐生先生がマンションのある通りに入る。人気がすっかりなくなった。街灯の下で立ち止まり、彼の顔をじっと見上げる。

満面の笑みを向けられるが、こんなにイケメンの知り合いは、いくら記憶を探っても見つからない。

「そんなに可愛い瞳で見つめられたら、たまらない気持ちになってくる」

彼は私の頬に右手を添えて、今度は真剣な表情を浮かべた。そのままゆっくりと顔が近づいてきて唇を奪われる。

記憶を探るのに必死で、ぼうっと受け入れてしまった。

ハッと我に返り、慌てて先生の胸を押し返す。遅れて心臓がドキドキしてきて、呼吸が苦しい。

「なにするんですかっ！」

「風子が俺のことを思い出してくれないから、罰を与えたくなった」

優しい口調だけど、なにやら危険なことを言っているような気がする。

「どこでいつ会いましたか？」

「思い出してくれるまで言わない」

「なんですかそれ」

「そうすれば、それだけ俺のことを考えてくれるだろう？」

愛情が感じられるような視線に頬が火照《ほて》る。

こんなことを言われたら、気になって本当にずっと考えてしまいそうだ。

そうじゃなくても、桐生先生という存在が目の前に現れてから、彼のことを考える時間が増えた。

「一人暮らし？」

「いえ、祖母と」

「おばあさん、まだご健在だったんだね」

「祖母のことも知ってるんですか？」

彼は頷いて、けれどそれ以上のヒントをくれなかった。

「ここは病院からも近いし、静かでいい環境だ。俺もこの辺にマンションを借りることにする」

「ご実家は？」

「近くにあるけど、一緒に住むといろいろとうるさくて」

そんな話をしながら、結局、家の前まで送ってもらった。

「じゃあおやすみ」

「ありがとうございました」

桐生先生の姿が見えなくなるまで見送って、マンションへ入る。

マンションの２ＬＤＫで私は祖母と二人暮らしをしている。

十七歳のとき、母が病気で亡くなった。

それがきっかけで看護師を目指し、今がある。女手一つで育ててくれた母。いつも元気で笑顔の絶えない人だった。

そんな彼女が会社の健康診断で引っかかって、心臓の病気があると言われたのだ。

検査入院をして、手術を余儀なくされた。

日に日に痩せて、顔色が悪くなっていく母を見て、命とはなんなのかとか、生きていく意味とか、そういったことを考える日々だった。

毎日のようにお見舞いに行き、母の前では楽しそうに学校の話をしたけれど、命の炎がだんだんと消えていくのを目の前にして、胸が張り裂けそうだった。

当時高校生だったので、母が入院することになってからは祖母の家で暮らしていたけれど、家で泣いたら祖母が心配するので、私は病院の屋上で泣くことが多かった。

ある日、そこにはくたびれた医者がいて……

彼もぽっちゃりしていてどこか親しみやすい雰囲気。髪の毛はボサボサで、お世辞にもイケメンとはほど遠い人だった。

そんな彼が泣いている私に声をかけてくれたのだ。

『悲しいときはまずは糖分が必要だ。もしよければどうぞ』

差し出されたのは、コンビニで手軽に買える、手のひらサイズの羊羹《ようかん》だった。

『確認だが、それは、悲しい涙だよね？』

私は頷いた。

『母の病状が思わしくないの……。いつも明るくて元気なお母さんだったのに、命の火が今にも消えてしまいそうで……。見ているのがとても辛い』

彼はなにも言わずに、私が泣き止むまでそばにいてくれた。そして二人で羊羹《ようかん》を分け合って食べて、なんでもない時間だったけれど、元気をもらえたのだ。

『俺は研修医なんだが、人が亡くなるのを見るのが辛いんだ。こんなんで医者に向いているのかなって、すごく不安になってさ』

空を見上げて、今度は彼が悩みを打ち明けてくれた。

『それって優しい証拠だよ。お医者さんとして長く働いたら、いつか人間の死というものに慣れてしまうかもしれないけど、先生にはそのままでいてほしい。いつまでも慣れないで』

高校生だった頃の私が精一杯できる励ましを送ったら、彼の瞳に光が灯った気がした。そして柔らかく微笑む。

『ありがとう。頑張るよ』

それからその屋上で頻繁に会うようになった。先生は仕事がハードで、夕方にやっと昼休憩が取れるらしく、放課後にそこを訪れる私と鉢合わせることが多かったのだ。

いつも彼は甘いものをくれて、口数が多いほうじゃないけど、私の気持ちが紛れるように世間話をしてくれた。

私は私で、仕事に疲れている若きドクターに元気になってもらいたくて、くだらないことを話していた記憶がある。

共に過ごしていると落ち着く。

まるでそばにいてくれるだけで大きく包み込まれているような。

当時、もしかしたら密かに恋心を抱いていたのかもしれない。

永遠にこの時間が続けばいいなと思っていた。

そして、祖母が母のお見舞いに来たある日。

母の容体について、ドクターから『もう長くはない』と告げられた。

祖母は『娘になにもしてあげられない』と肩を震わせて泣いていた。その姿を見ていると辛くてたまらなくて、屋上から見る夕陽が綺麗だからと案内した。

そこには研修医の彼がいて、いつも話を聞いてくれる人だと紹介した。

『いつも孫の話を聞いてくれていたんですね』

『こちらのほうこそ励ましてもらってるんです。感謝で胸がいっぱいです。まだまだ自分は未熟ですが、立派な医者になれるように頑張ろうと思っています』

やっぱりぽっちゃりな彼には癒される。

そう穏やかな気持ちを取り戻したのに——その次の日、母は亡くなった。

お葬式をして、親戚が集まって、誰が私の面倒を見るのかとかそんな話し合いがあって。バタバタと毎日が過ぎていき、ふと空を見上げたとき、綺麗な夕日が見えた。

あの研修医に会いたい。

その一心で私は病院に向かった。

屋上に行くと彼はいた。

『しばらくぶりだね』

『うん。お母さんが亡くなって……。もうここには来なくなるから、最後に先生にお礼を言おうと思ったの』

『お礼言われることなんか、なんにもしてない』

『甘いものをいっぱい食べさせてくれてありがとう』

私がそう言うと、彼はそんなことかというように笑った。

『あと、看護師になりたいっていう夢ができた。医療従事者の姿を見て胸が打たれたの。もちろん先生もその中の一人だよ』

『そっか、ありがとう。いつか一緒に働ける日が来たらいいな』

『うん！』

『頑張って』

私たちは真っ赤な夕日の中で握手をした。

それから、あの研修医には一度も会っていない。看護師として働き始めて、もしかしたら同じ病院に……と期待したこともあったけど、そんな偶然はなかなかありえないのだ。

(あの人……名前も聞いたことなかったけど、ちゃんと一人前のお医者さんになれたのかな？)

そんなことを思い出しながら、エレベーターに乗った。

帰宅したのは二十三時を過ぎたところだったが、部屋の明かりはまだ煌々《こうこう》とついている。

祖母は今七十五歳。体力はだんだん落ちてきたけれど、まだ自分の足で歩けるし、元気に暮らしている。

私のために食事を作ることが生きがいだと言って、とても可愛がってくれるのだ。

祖父は私が中学一年のときに亡くなったので、当時は一人で生活していた祖母。けれど母が亡くなり、本格的に一緒に暮らすようになった。

今日は飲み会があると伝えてあったので、夕食は必要ないと言ってある。

部屋を覗くと、祖母は座布団に座り、のんびりとテレビを見ているところだった。

手洗いとうがいを済ませて隣に座る。

「おかえりなさい、風子」

「ただいま」

「遅かったわね」

「あ、うん。お腹空いて牛丼食べてきちゃった」

「一人で？」

「そうだよ」

テーブルに置いてあった煎餅《せんべい》を頬張る。

「新しい先生の歓迎会だったっけ？」

「うん、そうだよ」

「どうだった？　恋人になってくれそう？」

「おばあちゃん、話が飛躍しすぎ！」

祖母は私が結婚して家庭を持つことを心待ちにしている。なので、チャンスはないのかと事あるごとに聞いてくるのだ。私を一人残して天国へ行くのが忍びないのだろう。

「風子は立派に看護師として頑張っているけど、結婚も考えてね。あなたの子供を見るのが私の夢なのよ」

チクリとプレッシャーをかけられる。

「おばあちゃんには申し訳ないけど……残念ながらそういう相手はいないの」

「じゃあ、お見合いをしたらどうなの」

「今は仕事で忙しいかな。……お風呂入って寝る準備するね」

これ以上続けていても進展はない。

話を切り上げてバスルームに逃げ込み、熱いシャワーを浴びる。

桐生先生は今日も守ってくれたし、優しかった。

この前が初めてじゃなくて過去にも会ったことがあるような言い方だったけど、思い出せない。

あんなイケメンを忘れることはなさそうなのに……私をからかうために嘘を言っているのかとも考えたが、不思議と、それはない気がした。

第二章　色っぽい視線を向けられて

採血スピッツの名前を確認してから患者さんのもとへ向かう。

谷岡《たにおか》さんという女性の患者さんで、桐生先生がアメリカから帰国するとの情報を聞きつけたご家族の希望で、うちの病院に転院してきたのだ。来週、手術の予定である。

「谷岡さん、ご気分はいかがですか？」

「まあまあですね」

「それでは、本日も採血をさせていただきますね」

横になっている谷岡さんのパジャマの袖をめくって、血管の場所を探していく。針をセット。

「ちょっとチクッとしますよ」

一発で血管に入れることができ、採血は問題なく終わった。

「河原さんは注射がとても上手ね。あなたにされて痛いと思ったことは一度もないわ」

「そう言っていただけると嬉しいです」

「いつも優しいし、笑顔が可愛いわ。実は私の孫もここの病院で働いているのだけど、しっかりされているのかしら。小さい頃からとても可愛がられて育ったから、ちょっと注意すると拗《す》ねちゃうの。はぁ……心配だわ」

「そうなんですね」

私はお孫さんとは実際に会ったことがないのでなんとも反応できず、曖昧に笑顔を浮かべて相槌を打つ。

「男の子の孫もいるのよ。その子は大手証券会社に勤めていてすごく仕事ができて、孫を褒めるのもあれなんだけど、ハンサムでいい男なのよ。河原さん、お嫁さんになったらどうかしら？」

「いえいえ、そんな……」

私はなぜかこんなふうに縁談を持ちかけられることが多い。自分で言うのも恥ずかしいけど、お年寄りからは不思議と人気があるようで、自分の孫の嫁にと言われることも頻繁にあった。

そんな会話をしていると、桐生先生が谷岡さんの様子を見に来た。

「谷岡さん、お変わりありませんか？」

「まぁ、桐生先生。ありがとうございます。毎日、何回も顔を見に来てくださって」

突然現れて心臓が跳ね上がったが、仕事中なので冷静に頭を下げる。

一方の彼も仕事中は患者ファーストで、谷岡さんに近づいて笑顔を向けていた。さりげなく顔色のチェックなどをしているのがわかる。

「体調もよさそうなので、来週は予定通り手術ができそうですよ」

「ありがとうございます。桐生先生にお任せしたら大丈夫だという絶対的な安心感があって。よろしくお願いします」

谷岡さんが頭を深く下げた。

桐生先生と一緒に病室を出る。

「お見合いを勧められているように聞こえたが？」

「そうなんですよ……。失恋したばかりで恋愛とか、今はそんな気持ちになれないんですけどね」

同じ方向へ行くらしく、桐生先生が歩幅を合わせてくれる。

「結婚願望もないのか？」

「ありますよ。祖母も安心させてあげたいですし。赤ちゃんも産みたいです」

「それなら適任者がいる」

「……え？」

思わず立ち止まると、桐生先生は不敵な笑みを浮かべた。

「風子の目の前に」

仕事中の、病院の廊下なのに、色っぽい視線を向けられて頬が熱くなってしまう。

どこまで本気で言っているのかわからないが、こんなにアピールのすごい人には会ったことがない。

「ふざけないでください」

桐生先生を置いて、少し小走りでナースステーションへ戻ったのだった。

それから三日後。

今日は病棟の患者さんが一人亡くなった。容体が急変して緊急手術もしたが、彼女は天国へ旅立った。

この仕事を始めて何度も立ち会った瞬間なのに、心の底から悲しみが湧き上がってきて、逃げ出したくなる。

日勤の仕事を終えた私は、屋上へとやってきた。

自由に出入り可能なそこには誰もいなくて、ゆっくりとベンチに腰を下ろす。真っ赤な夕日が空を染めていた。

昨日まで明るく笑っていたのに、彼女はもうこの世にはいない。

本人もまだまだ生きたかっただろうし、残された家族のことを考えたら胸が張り裂けそうになる。

母が死んでしまった日を鮮明に思い出し、目に涙が浮かんできた。そしてポロリと一粒、頬の上に零れ落ちていく。

そこから次から次と涙があふれ、ハンカチで目元を押さえる。

「……私、やっぱり看護師に向いてないのかな」

小さな声でつぶやいてうつむくと、近くに人の気配を感じた。

「そんなことない。風子は立派な看護師だ」

顔を上げると、そこには桐生先生が立っていた。白衣と少し長めの前髪が風になびいている。

隣に腰を下ろした先生に手渡されたのは小さな羊羹《ようかん》だった。

似たシーンをどこかで見た気がして、頭の中で記憶を巡らせる。

漫画だったか、ドラマだったか……

ふいに思い浮かんだのは、ぽっちゃりした研修医の姿だった。

ハッとして彼の顔を見つめる。どことなく目元が同じ気がした。

（まさか、同一人物のわけないよね？）

あれ以来会うこともなく、彼の名前も知らなかったから、思い出すことも少なくなっていた。

だけどこの光景、もしかして……

「風子が今にも泣きそうな顔をして階段に向かうのが見えたんだ。きっとここで泣いてるんじゃないかなってさ」

「もしかして……。あのときのぽっちゃりとした研修医さんですか？」

「正解」

謎が解けて、私はなんとも言えない感情に包まれた。

再会できた感動と一緒に、なんでもっと早く言ってくれなかったんだろうという怒りがこみ上がってくる。

「いつから私だってわかっていたんですか？」

「バーで会った日。ずっと風子のこと忘れられなくてさ。いつか会えないかなって考えていた」

「じゃあ、なんではじめから言ってくれなかったんですか？」

「俺と同じ気持ちでいてくれればと思ってたら失恋したって言うからさ。なんだか腹が立ったんだ」

桐生先生の思考回路がよく理解できない。

こんなにぽっちゃりの私を女性扱いして親切にしようとするくらいの人だから、きっとちょっと変わっているのだろう。

「どこに勤めているのかも教えてくれなかったし、風子は俺という存在をすっかり忘れてしまったんだと。だけど、荷物をぶちまけたときに勤務先がわかった。今すぐどうこうしなくても近いうちに同じ病院勤務になって、俺のものにできるという確信があったから追いかけなかったんだ」

そんなカラクリがあったのかと、雷に打たれたような衝撃が走った。

若干引いている私を楽しそうに見ていた先生だったけれど、次第に慈愛に満ちた瞳に変わる。

「俺は高校生だった頃の風子に励ましてもらったおかげで、医者として頑張ろうと思えたんだ。一緒に過ごせた時間が本当に貴重だった」

「それは私も同じです。母に関わってくれた医療スタッフの姿を見たのと、桐生先生がもがきながら頑張る姿を見て、看護師として人の役に立ちたいって思ったのがきっかけでこの道を選んだんですから」

「これが俺たちの仕事だ。だけど人の死に慣れないで、これからも働いていきたい」

私の背中を優しくさすってくれる。

そうだ。このままでいいんだ。

慣れっこになって働くよりも、命の大切さを心から感じながら、日々患者さんとそのご家族と向き合っていく。

高校生だった私も、病院のスタッフが心を砕いて励ましてくれたから、辛い悲しみを乗り越えることができて、看護師という職業に憧れたのだ。

「人間は辛いことや悲しいことからは逃げられない。でも、そのときに寄り添ってくれる人がいるのがどれほど大きなことか。俺たちは技術を学んで磨いていく必要はあるが、それだけじゃなくて、心の部分で大切なこともたくさんあるよな」

あんなに弱々しい研修医だったのに、桐生先生は人間としても立派な医者に成長していた。それが嬉しくて、私は泣きながら微笑んだ。

「大切なことを思い出させてくれて、ありがとうございます」

「いや、こちらこそ。さ、明日からはまた切り替えて元気に働いてくれ」

「はい！」

高校生の頃、何度も桐生先生と話をした。きっと、知らず知らずのうちに慰められていたのだ。

胸の中に温かいなにかが広がっていく感じがする。

この感情は、本田先生に恋をしていたときとはまた違って、心の奥深いところから湧き上がってくる不思議なもの。

もしかしたらこれが本当の『恋』というもの……なのかもしれない。

「悲しいことがあったらいつでも連絡してくれ。胸を貸してやる。抱きしめるから」

「大丈夫です」

ふいに手に握りしめていたスマホを奪われて、勝手に連絡先を登録された。

「じゃあ、仕事に戻る」

彼は颯爽と屋上を後にした。

◆

今日は祖母が友人と一泊の温泉旅行とのことで不在である。夕食はなにを食べようかなと考えながら、仕事を終えて真由香と更衣室で着替えていたとき。

「風子さんですよね？」

「あ、はい……」

看護師二人組に声をかけられた。こちらは相手がどこで働いているのかもわからない。

「やっぱり！　ぽっちゃりした看護師さんが桐生先生に守られてたって話を聞いて」

「あぁ……はい」

『ぶーこちゃん』と呼ばないよう、食堂で言ってくれたときの話をしているのだろう。

「付き合ってるんですか？」

「まさかっ」

「よかった。じゃあチャンスはあるってことですよね。合コンのセッティングとかしてもらえないですか？」

「えっ……。プライベートでは連絡を取ったことがないので……」

「そこをなんとか！　仕事中にちょっと相談するとかして」

両手を合わせてお願いポーズをされるが、丁寧に断り、真由香と共に更衣室を出た。

ここ最近、こんなことが多い。

先日、医療系雑誌に桐生先生が掲載された。

本人はあまり乗り気ではなかったらしいが、病気で苦しむ人の希望になればと、取材と掲載を承諾したそうだ。

そういう事情もあって、さらに人気が増しているのだろう。

強引に連絡先を交換されてから、桐生先生から毎日のようにメッセージが届く。そのやり取りはまるで恋人みたいだ。

『おはよう』と『おやすみ』は当たり前になりつつある。

彼は何度も私のことを好きだと言ってくれるけれど、受け止めて向き合えない。

失恋してまだ一ヶ月半で、こんなに猛烈に惹かれるっていいのかしらと自問する日々だ。トップクラスの技術を持つ彼に釣り合う器じゃない。わかっているのに、ますます心が奪われていく自分がいて、困り果てていた。

「合コンなんて簡単にセッティングできるわけないじゃんね」

職員専用エレベーターのボタンを押しながら、真由香が呆れたようにそう言った。

「でも、本当に付き合ってないの？」

「ないよ」

自分の気持ちをかき消すように、そんな言葉で感情を塗りつぶす。

私が答えると、真由香は笑みを浮かべた。まるで、私の心を見抜いているような瞳だ。

「でも好きになっちゃうときはなっちゃうよ？　今考えてみたら、本田先生のことは男性として好きだったんじゃなくて、気が合う友達みたいな感覚だったんじゃない？」

図星だったので私はなにも言えなくなってしまう。

「ただ、本当に交際することになったら、人には言っちゃダメだね。これだけ人気があるんだから、嫉妬で襲撃されるかも」

「たしかに」

想像するだけで恐ろしくなってくる。女性の恨みは、結構怖いものなのだ。

エレベーターを待っていると、タイミングがいいのか悪いのか、桐生先生もやってきた。

いつも仕事が終わるのが遅いようで、深夜におやすみのメールが届くこともしばしば。

家に帰っても緊急の患者さんがいたら呼び出されて病院に行かなきゃいけないこともあるから、医局で寝泊まりするのも珍しくないみたい。

「お疲れ様」

「お疲れ様です！　桐生先生、今お帰りですか？」

桐生先生の挨拶に、真由香が元気に応えた。

「あぁ。久しぶりに早く帰れそうだ」

「どこら辺にお住まいなんですか？」

「アメリカから帰ってきたばっかりで、まだホテル暮らしなんだ。この前までお世話になっていたところは予約で埋まってしまって、今は少し離れたホテルに泊まっている。思い出があるホテルだったんだが」

含みのある言い方に、あの夜を思い出してしまう。

「なかなか、家探しの時間が作れないんだ」

「そうなんですか」

相槌は真由香に任せ、気が休まらないだろうなと思いながら話を聞いていた。

「たまにホテルじゃないところで、手料理とか食べたいなって思うよ」

「先生、恋人いないんですか？」

「残念ながら。意中の人になかなか振り向いてもらえなくて」

おもむろに言って、私のほうをちらりと見る。目が合って心臓がドクンと跳ねた。

桐生先生の答えを受け、真由香は周りに人がいないことを確認すると、口元に手を当てた。

「……その先生の意中の人って、風子ですよね？」

「そうだよ」

小声の問いに対してあまりにもはっきりと言われたので、恥ずかしくて耳が熱くなってくる。

そこでエレベーターが到着し、三人で乗り込む形になった。

「いいことだと思うんですけど、桐生先生はとても人気があるので、堂々と好きだと言ってしまうと風子が嫉妬の標的にされてしまうかもしれません。それだけは気をつけてあげてください」

「ためになること教えてくれてありがとう。園田さん、だったよね？」

「はい。風子とは看護学校時代からの友人で、ここでも同期なんです。彼女のこと、大切に思っているので、どうかよろしくお願いします」

「任せて」

二人が勝手に話を進めるので私が入る余地がない。とっさに真由香の手をつかむ。

「失恋してまだ元気がないようなので。先生、頑張ってください」

「応援感謝する」

「じゃあ、今日はゆっくり二人でデートでもどうぞ。お疲れ様でした」

エレベーターを降りると、真由香は私たちを置いて、職員通路口から出て行ってしまった。二人きりで取り残され、気まずくて黙り込む。

「いい友人だ」

「明るい性格なので人気もあって。積極的な女性で、羨ましいです」

「羨ましがることなんてない。風子には風子にしかないよさがたくさんある」

「ありがとうございます……」

私の家は病院から徒歩圏内にある。軽く一礼して帰路をゆっくりと歩き始めるが、なぜだか一緒についてきた。

「夕食でもどうだ？」

「そうですね……」

正直、桐生先生に惹かれていて、このまま一緒にいたいと思う自分もいた。素直に好きになってもいいのだろうか……

先生は私のことを好きだと言ってくれるけど、人の気持ちは変わりやすいのだ。永遠なんてものはない。

でも、始まってもいないのに終わりを想像して前に進まないのは、なにか違う気がする。

「風子に渡したいものがあるんだけど……こんな道端で申し訳ない」

そう言って彼が鞄から出したのは、細長い箱だった。

「なんですか？」

「ネックレス。絶対に似合う」

「でも私たちは恋人でもないですし、いただけません」

「じゃあ、今すぐに俺の恋人になったらどうだ」

「ふざけてるんですか？」

「ふざける意味がないだろ。十年前……俺が研修医だったとき、風子は俺の心の支えだったんだ。会えなくなってからも時折思い出していた。当時は恋愛感情ではなかったが、いつか再会して、癒される時間を一緒に過ごしたいと願っていたんだ」

溶けてしまいそうなほど熱い視線を向けられる。

「大人になった風子に偶然再会して、妙に惹かれて思わず抱いてしまった。抱いたら、離したくないと思った。立派に看護師として働く姿を見て、素敵な女性に成長したなと感心した。これはもう、絶対になにがなんでも手に入れたい」

矢継ぎ早な告白に、頭がクラクラしてくる。

「風子、好きだ。お試しでもいいから俺にチャンスをくれ。絶対に本田を忘れさせてやる」

あんなに長いこと好きだったはずなのに、もう本田先生への恋心はすっかり消えていた。

不思議なくらい、なんとも思わないのだ。それはきっと桐生先生に出会ったから。

男性とお付き合いをして愛し合うという経験がないので、怖くてたまらないけれど、彼とならうまくやっていけるかもしれない。そんな希望が胸の中に湧き上がってくる。

だけど、彼は本当に人気者だ。誰もが認めるスーパーマン。

桐生先生の隣を歩きたい人はたくさんいる。そのポジションに私のような人間がいてもいいのか。

ぐるぐる考えていると、彼が目の前で柔らかく微笑んだ。

「そんなに難しい顔をすることない」

「……でも」

「俺のことを少しでもいいなと感じるなら、信じてついてきてほしい」

ひたむきに想いを伝えてくれるので、こちらも真剣に応えなければいけない。

「正直な今の私の気持ちを伝えます。……こんな私のことを好きだと言ってくれて嬉しい気持ちもあって、桐生先生はとても素敵な人だと思います。一緒にいて楽しいし、もっと先生のことが知りたいです。……でも怖くてたまらないんです」

「大丈夫だ。なにも怖がることはない。ゆっくりでいいから、俺のことを好きになっていけばいい。俺と結婚を前提に付き合ってくれないか？」

こんなにも優しく包み込まれて、折れない女性がどこにいるのだろうか。

しかも結婚という言葉を出してくれた。それだけ本気で考えてくれているのだ。

桐生先生の彼女として隣を歩いてデートをして、同じ時間を共有してみたい。

美味しいものを食べて感想を言い合ったり、綺麗な景色を見てみたり。

手をつないでハグをしてキスをして、心も体も一つになって……

そう想像を膨らませていくうちに、私は桐生先生のことが好きなんだと実感した。

将来結婚となったら、医者の妻として彼を支えるのだ。私にそんなことができるのかわからないけど、遠い未来よりも今の感情を大切にして積み上げていくことが大事なのではないか。

恐れてばかりいないで、一歩踏み出したい。

決意を固めた私は、差し出されたままのネックレスを受け取った。

「ありがとうございます」

「こんな道端で話すことじゃないよな。落ち着いたところでゆっくりしないか？」

「そうですね。もしよかったら、うちに来ませんか？」

「おばあさんがいるんじゃないのか？　挨拶するのは構わないけど」

「今日は友人と温泉旅行に出かけてるんです。だから一人です。ホテル暮らしでお疲れとのことなので、もしよければうちでくつろいでください」

少し積極的すぎたかなと思ったけど、再会の仕方が仕方だったし、今さらだろう。

「簡単ですけど手料理を振る舞いますよ」

「それはいい提案だ」

夕食の材料を買ってから、私の家へ向かうことになった。

近くのスーパーに到着して店内に入ると、仕事帰りらしいサラリーマンやＯＬが買い物をしている。カートを積極的に押してくれる先生の隣に並んだ。

「なにが食べたいですか？」

「やっぱりオムライスかな」

「えっ！」

「なんだ？」

「意外ですね。和食をリクエストされるかなと予想していたんですが」

容姿とのギャップがあって、可愛くて胸がキュンとしてしまう。

「ケチャップが好きだからな。トマトが好きなのかもしれない」

「桐生先生の好きな食べ物、覚えておきますね」

「ありがとう。風子の作ってくれるものならなんでも食べるから安心してくれ」

そんな会話をしながら食材をカゴの中に入れていく。

あらかた食材を調達し終えてから、カートを操る桐生先生について回っていると、彼は歯ブラシを手に取った。ホテルに備えつけられているだろうに、なにかこだわりがあるのかもしれない。

その後、下着もカゴの中へ投入している。会計は桐生先生がしてくれた。

外に出て「家に着いたら払いますね」と申し出る。

「俺が食べたいって言ったんだから、気にしないでくれ」

「でも……」

「恋人になれて、こうして一緒に過ごせるだけでも幸せなんだ」

病院にいるときよりも柔らかい表情だ。

いつも仕事で神経を使っているだろうから、プライベートの時間は穏やかな気持ちで過ごしてもらえるように、その手伝いがしたい。

なんとなく気恥ずかしさを覚えつつも、温かな気持ちを抱いて改めて実感する。

桐生先生と恋人同士になったんだ……

信じられないけれど、人生で初めての彼氏ができたのだ。

相手は本当に素敵すぎる人。

「お邪魔します」

「どうぞ。狭いですけど」

家に着くと、彼にはソファで待ってもらうことにして、私は料理を始めた。

玉ねぎと鶏肉を刻んで、冷凍してあったお米と一緒にケチャップ味で炒めていく。それをふんわりとした卵で包み込んだ。

オムライスの他には、簡単な野菜のコンソメスープ、それにグリーンサラダを準備した。

「できました。こちらへどうぞ」

食卓に料理を並べると、桐生先生が目を輝かせた。

「風子の手料理が食べられるなんて感動だ。いただきます」

初めての相手に手料理を振る舞うのは緊張する。まして恋人なんて！

咀嚼《そしゃく》している彼の表情をじっと見つめた。彼は何度も頷いて、こちらに笑顔を向けた。

「すごく美味しい。料理、上手なんだな」

「お口に合ってよかったです」

一緒に食事をしていると楽しくて、あっという間に平らげてしまった。

そして食器を洗うのを手伝ってくれた。狭いキッチンだけど、並んで一緒に作業するのが楽しい。

私が洗った食器を先生が拭いてくれる。

水を止めると、部屋が静寂に包まれた。

射貫くようにじっと見つめられ、顔がゆっくりと近づいてきて唇が重なる。抱きしめられると彼から愛情が伝わってきて、胸の中に温かいものがあふれた。

唇が離れ、桐生先生が親指で私の下唇をそっと撫でる。

「明日、帰ってくる時間は？」

「祖母ですか？　夕方ぐらいだと思いますよ」

「結婚を前提に付き合うんだから、挨拶したい」

さっきも言われたけど、『結婚』という単語に心臓がドクンと跳ねる。

桐生先生は私よりも八つ年上の三十三歳、将来を強く意識してもまったくおかしくない年齢だ。

「こんなに素敵な恋人、急に紹介したら驚いてしまうと思うので、私から話をしておきます。でも、近いうちに紹介させていただいてもいいですか?」

「大歓迎だ」

またぎゅっと力強く抱きしめられて、幸せすぎる。

明日は土曜日で、私も桐生先生も一日休みだ。もっとずっとそばにいたいけど、そんなお願いをしてもいいのだろうか。

キスを重ねていると、体が火照《ほて》ってくる。私たちはキスをしながらソファに腰を下ろした。

「瞳が潤んでる……」

「なんか感動しちゃって……」

「風子は本当に可愛いな。俺の大事な大事な彼女だ」

「プレゼントしてもらったネックレス、見てもいいですか?」

「あぁ」

ラッピングのリボンを解いて、包装紙を丁寧に剥がすと、ベロア生地の箱が顔を出した。緊張しながらそっと開けると、ダイヤモンドが埋め込まれた羽のチャームがついたネックレスが入っている。

乙女心をくすぐるデザインに満面の笑みを浮かべそうになったが、同時に、とても高級なものだと思うと申し訳なくなった。

私の様子を見ていた桐生先生が首をかしげる。

「あまり好みじゃなかったか？」

頭を左右に振って否定した。

「すごく可愛くて、嬉しいです」

「風子という名前から、空を自由に飛ぶ鳥の羽が思い浮かんで、そのデザインで作ってもらった。喜んでくれてなによりだ」

私の手からネックレスを取り上げ、先生がソファの後ろに回る。そっとつけてくれた。

胸元でダイヤモンドがキラキラと輝いている。

「ありがとうございます。大切にします」

後ろから抱きしめられて、大きな体にすっぽりと包み込まれた。

「今日は泊まっていく」

耳元で甘く囁かれた。

考えてみれば、はじめからそのつもりだったのかもしれない。歯ブラシや下着もこのためだろう。

隣に座り直した桐生先生が、私の胸元を見つめて微笑んだ。

「似合っている。愛してるよ、風子」

素敵な恋人に愛の言葉を囁かれ、ロマンチックなネックレスまでプレゼントしてもらった。嬉しすぎて、人生で一番かもしれない幸せを噛み締める。

隣にぴったりとくっついた桐生先生が手をつないできた。

「幸せにするから」

「はい……」

今の時点で私は彼をかなり好きになっていたが、きっとこの先の未来、もっともっと好きになっていく気がした。

近くにいるだけで心臓が爆発しそうなほどドキドキする。つないだ手から自分の感情がダダ漏れになっているような気がして落ち着かない。

「……どうして私なんですか？」

「前にも言っただろ？　昔の出会いがきっかけだったけど、風子の看護師として働く姿が素晴らしい。患者に寄り添っていてすごく魅力的に見えた。素敵な女性に成長してくれていてよかった。再会できたことに感謝しなきゃな」

あまりにも褒めてくれるので、恥ずかしくて耳が千切れそうなほど熱くなる。彼はそんな耳元に顔を近づけて、艶《あで》やかな声で囁くのだ。

「好きだ。風子。俺の風子……」

髪の毛を耳にかけられ、耳にキスされる。

くすぐったくて体がビクッと反応すると、耳の輪郭が舌でなぞられた。クチュリクチュリと鼓膜に音が響く。

「ふぁ……んっ、ンっ……あぁっ……」

「風子、可愛い。誰よりも可愛い……愛してる」

くすぐったくなる甘いセリフを何度も囁かれる。

耳たぶを舐めながら、桐生先生の綺麗な指が私のミントグリーンのサマーセーターの上から胸の膨らみに触れた。

「いい？」

コクリと頷く。

すでに体が熱くなってしまった。こんなところでやめられたら、今夜眠れないかもしれない。

私が抵抗しないことをたしかめると、胸に触れる力が徐々に強くなっていく。

「はぁんっ……ぁ……んっ……ッ……」

桐生先生に抱かれるのは二回目だが、二回目があるなんて、そして、こうして恋人になるなんて思ってもいなかった。

少し触れられただけなのに、全身がますます熱くなってくる。

あのときの快楽がしっかりと、細胞に植えつけられているのだ。

淫らな揉み方。セーターの上から胸の先端をキュッとつままれた。

「ぁンっ」

「大きいのに風子の胸は感度がいい」

頬に手のひらが添えられて、黒々とした燃え盛るような瞳で見つめてくる。

顔が近づいて、唇が重なった。上唇と下唇を食べるように喰《は》まれる。

横に並んで座り、密着した状態でキスをするのはとても幸せだ。

付き合った初日からこんなに濃厚な関係になってもいいのかと頭の片隅で考えたが、そもそも私たちのスタートは普通とちょっと違う。

お互いのことを知る前に体の関係を結んでしまっているのだ。といっても、私が気づかなかっただけで、桐生先生はずっと私のことを覚えていてくれたみたいだけれど。

「んぁ……」

鼻から甘い息が漏れる。唇が塞がれていて喘ぐことは許されない。

彼の肉厚な舌が口内をかき回す。

顔の角度を変えながら、ゆっくりと時間をかけてキスを楽しんだ。

唇が離れると至近距離で見つめ合い、言葉もなくアイコンタクトをする。

額をくっつけて微笑んだ。

「あまりにも可愛くて、大切にできるかわからない……。激しくしてしまいそうだ」

「桐生先生にならいいですよ？」

本心を伝えたのに、なぜか先生に睨みつけられているようにも感じる。

「男を煽《あお》るようなことを言うな。本当にどうなるかわからないぞ」

サマーセーターの中に手が入り込んできて、下着の上から激しく胸を揉まれる。でも痛いわけでもなくて、だんだんと体の中に愉悦が溜まっていく気がした。

ブラのホックが外されて胸が楽になる。上にずらされて、セーターごと首元までたくし上げられた。たわわな胸が姿を現す。

「こんなに大きいのに形は崩れていないし、弾力もある」

電気が煌々《こうこう》とついている中で見られると恥ずかしくてたまらない。

「電気を消していただけませんか？」

「目に焼きつけておきたい。だから拒否する」

「えぇぇ……」

泣きそうな気持ちで桐生先生を見るが、彼は意に介さず、また双丘を優しく揉み始めた。その間にキスが再開し、どちらも止まらない。

胸の先端を親指と人差し指で優しくつねられる。

「ンっ……あぁぁ……感じちゃいます……はぁっ」

私は切なく喘いだ。

全身を流れていくような快楽に、体温がだんだんと上昇していく。

先生の手がフレアースカートの中に入って太腿をさすった。

内腿の間に手を入れ込んで、脚を大きく開かれる。触られるだけでプルプルと震えてしまう。

すでにショーツの中が濡れている気がして、自分の体が淫らになったようで恥ずかしい。

気づかれたくなくて脚を閉じようとしても、先生の手の動きがあまりにも官能的で、いつの間にか魔法にかかったように脚を大きく開いていた。

（おばあちゃん……こんなところで先生と愛し合ってごめんなさい）

背徳感を覚えつつ、進む行為に翻弄《ほんろう》されて、もう止めることはできなくなっていた。

ショーツの上からぷっくりと膨らんだ蕾《つぼみ》を指で押し込まれる。

「ひゃあ……んっ、あっ」

「風子はクリトリスが好きだったな。中も好きになるようにこれから仕込んでいかないと」

まるでプラモデルを組み立てるのを楽しみにしているような言い方だ。

でも彼の手によって私の体が作り変えられるなら、それはそれでいい。

（私、ちょっとマゾっぽいのかも）

秘裂に沿って、先生の指が上下に行ったり来たりを繰り返す。もう、ショーツにシミが浮かび上がっているかもしれない。

そこを中指でポンポンと叩かれると、ピチャピチャと濡れた音がするのだ。

「いやらしい音だ」

「先生がそういうことするから……」

「風子、二人きりのときは名前で呼んでほしい」

ずっと『先生』と呼んでいたのに、いきなり名前で呼ぶのは照れくさい。

なかなか口を開けない私に痺《しび》れを切らしたのか、彼がショーツの隙間から指を入れて、花芯をさする。

「アッ……そこ、アッ……ンっ」

お腹の中に快楽成分が溜まってきて、耐えきれなくなった蜜が秘密の花園からあふれた。

ねっとりとした透明の愛液を指でかき出して、それをまた敏感な真珠に塗りつけてくるのだ。

頭がぼうっとして、目の前がチカチカしてくる。

初めて抱かれて達したときと感覚が似ていた。

あの忘れられない絶頂感。

時折思い出して、自分でもベッドでこっそり触ってみたけれど、味わうことができなかった。

彼の指が小刻みに振動し、甘美な刺激が全身に広がって、腰が勝手に揺れてしまう。

「あぁ、イッちゃう……っ」

ところが、あともう一歩というところで、指の動きが止まった。なぜやめてしまうのかと乞うように見上げる。

「俺の名前を呼んでくれないなら……もっともっと焦らしてやる」

そういうことだったのか。

たしかに、プライベートで恋人に『先生』と呼ばれたら寂しいかもしれない。彼の立場になって考えれば理解もできる。

焦らされて体がおかしくなる寸前の私は、羞恥心に襲われながらも、勇気を出して口を開いてみた。

「り、利久斗さん」

名前を呼ぶと、不思議と距離が一気に近くなった気がする。

「よくできました」

そう言って、桐生先生……利久斗さんが、私の頭を優しく撫でてくれた。

彼はすべてを包み込むように接してくれる。これまでの人生、あまり人に甘えることがなかったけれど、今は彼に委《ゆだ》ねたいと思う。

「それで……名前を呼んだってことは、なにかしてほしいってことだよな？」

「えっ」

「ちゃんとおねだりしてみろ」

恥ずかしい言葉を口にしなければいけないなんて、無理。耐えきれず、近くにあったクッションを抱いて顔を隠した。利久斗さんの笑い声が聞こえる。

「もっと気持ちよくしてくださいって言ってみて」

「どうしてそんなにSなんですかぁ」

泣きそうになりながら言うと、頬に唇を当てられた。

「いじめて悪かった。可愛くて仕方がないから困らせたかったんだ。ここだと汚してしまうかもしれないから、風子の部屋に行ってもいいか？」

「……右側の扉です」

遠慮がちに言うと、彼は私の背中と膝の裏に手を差し込んできた。

そして――次の瞬間、体が宙に浮き上がったのだ。

（先生の腰を痛めてしまう！）

「下ろしてください！　先生の腰が痛くなってしまいます」

「下の名前で、呼んでくれと言っただろう？」

柔らかい口調でつぶやいた彼に、お姫様抱っこしたままキスされる。口の中に舌が入り込んできて、かき混ぜられた。

「ンンッ……んー」

唇が離れる。

「利久斗さん……」

「いい子だ」

どれだけ力があるのだろう。私を抱っこしながら移動し、片手で扉を開けたのだ。

リビングの明かりが部屋をうっすらと照らしている。

シングルベッドにそっと寝かされて、仕切り直しというようにまた甘いキスが降ってきた。

リップ音を立てながら口づけを重ねていく。

私を組み敷いてキスをしたまま、私の両手を頭上へ持っていき、指を絡め合う。

唇が移動して、首筋を愛撫した。

利久斗さんの熱い吐息が肌にかかり、私の呼吸が荒くなってくる。

抱き上げられて元通りになっていたセーターの上から胸を揉みしだかれ、乳頭を人差し指の爪先でカリカリと引っ掻かれる。ブラジャーがずらされたままなので、服越しに突起が浮かび上がっているのだ。

「……ぁっ……、ンッ……ぁっ……アンっ……ァっ……」

「可愛い声……。興奮する……」

片方は爪で弄《いじ》られ、もう片方は親指と中指でつままれ、両方に与えられる刺激に腰が揺れる。

「んぁ……ふぁぁ……ンっ……利久斗さ……んっ……ンンッ……」

潤んだ瞳で見つめると彼は目を細めた。

服の中に手が入ってきて、素肌に触れられると肌が粟立《あわだ》つ。

胸の弾力を楽しんでいるみたい。ぷるるんと揺らされるたびに快楽が全身に広がっていく。

(どうして、利久斗さんにされたら、気持ちよくなっちゃうのかなぁ……?)

自分のベッドの上でこんなことをしたら、これから毎晩思い出してしまいそうだ。

「風子、両手上げて」

セーターとずれたブラを脱がされ、スカートも下ろされ、体を隠すのはショーツのみ。

利久斗さんもワイシャツのボタンを外し、脱ぎ捨てた。

筋肉質な体を目の当たりにして、信じられない気持ちになる。

本当にぽっちゃりしていたあの研修医の彼なのかと疑ってしまうほど、見事な肉体だ。

私の胸を優しく揉み、ぷっくりと膨れ上がっている胸の先端を丁寧に舐める。

先端を口に含み、チロチロと舌を動かして小刻みに刺激を与えてくるのだ。

「ぁぁん、あっ」

切なく喘いで体を震わせる。

「風子、気持ちいいか？」

「すごい……です、ンっ」

「前よりも感じてくれているみたいだな」

たぶん、前よりもっと感じるのは、恋人になったからかもしれない。

愛おしそうに胸を可愛がり、その唇がお腹へと下がって吸いついて、体にキスマークをつけていく。

「風子のすべてが愛おしい」

唇が段々と下がっていって、太腿や膝の上にまでキスされる。そしてついには足のつま先まで到達して、指先をぱくりとくわえられてしまった。

「汗をかいたので汚いですっ」

一日働いてシャワーも浴びていないのに。恥ずかしくて穴があったら隠れてしまいたい。

「風子の体で汚いところなんて一つもない」

「あぁぁんっ……汚い、から……ぁぁああんっ、待って……」

足の指の間に舌を入れて、丁寧に一本ずつ舐められる。

こんなふうにされて感じるなんて信じられない。夢でも見ている気分だった。

体中をくまなく愛撫され、どこに触れられても敏感に震えてしまう。

「あっ……ァ……ンンッ」

うつぶせにされ、ボディラインをたしかめるように背骨に沿って唇が這う。手のひらがヒップラインを撫で回した。

「あぁぁっ……んんっ……ハァッ……」

「もっと見たい」

お尻を突き出すような格好にされる。まるで誘惑する女豹みたいだ。

「エロい……。なんて魅力的なヒップラインなんだ……」

膨らみに唇をつけて吸いついてくる。そのたびに私は水を得た魚のように、全身をビクンビクンと跳ねさせた。

「……ぁ、……っ……んっ……」

「綺麗だよ、風子……」

褒められると素直に嬉しくて、自分が愛おしいと思えるようになってくる。

ついに利久斗さんはお尻の割れ目に顔を埋めて、大切な部分をペロペロと舐めた。淫らな舌の動きに、蜜があふれ出して太腿を伝うのがわかる。

それを指ですくって敏感な真珠に塗りつけられる。ジンジンと快感が響いて、内腿が震えた。

「ここ、好きだろ？」

「わ、わかんないですっ……ンっ、あぁっ……」

「素直になっていいんだぞ。俺しか見ていないんだ。これからも俺だけの風子だ」

円を描くように優しく動かされると敏感な真珠は硬さを増していく。

仰向けにされて、熱い眼差しで見下ろされた。

「一つになってもいいか？」

「……はい」

断る理由なんてない。私が頷くと、彼は素早く避妊具を装着した。

利久斗さんが私の脚を大きく開いて先端を埋め込んでくる。

二回目なので緊張したが、同時に口づけてくれて体の力が抜けた。

その隙にぐいっと深く押し込まれる。痛みは全然なくて、自分の体が彼を呑み込んでいくような感覚に陥《おちい》った。

「俺の体にすっかり馴染んでる。どんどん呑み込んで……クッ、たまらない」

「あぁああ」

あっという間に深いところでつながり、彼が腰をぐるぐると動かす。体中に甘い電流が流れた。

彼は私の腰の横あたりに手をついて、熱杭をギリギリまで引き抜いては深く沈めてくる。

抽挿の速度が上がり、そのたびにベッドがキシキシと音を立てた。

隘路《あいろ》が熱の塊に押し広げられる。

「あっ……んっ」

「気持ちいいんだな。風子の感じる顔を見ているとあっという間にイッてしまいそうだ……」

眉間に深く皺《しわ》を刻み、快楽に溺れる彼の表情に、私の感度もますます上がっていく。

彼の滾《たぎ》りが膨張して、私の中でさらに硬く熱くなるのがわかった。

彼は私の背中に手を回し、体をぴったりとくっつけた状態で、腰を素早く動かす。ジュブジュブと淫らな音が部屋の中に響いた。

「ずっと好きだった……こうして、再会して俺のものになってくれて、幸せだ」

そんな甘い言葉を耳元で囁かれ、全身が敏感になっていた。

女性としてこんなふうに愛される未来が待っているなんて想像もしていなかった。

私は利久斗さんのことがとても好きになっている。こんなに短期間で心が奪われるって、普通のことなのだろうか。なんとなく躊躇《ちゅうちょ》してしまって、素直に好きだとはまだ言えない。

「なにを考えてるんだ。俺のことだけ見てくれ」

腰を打ちつけられながらキスをして、口の中に舌が入り込んでくる。もうすでに利久斗さんのことしか考えられないのに。

彼のことで頭がいっぱいになっていく。

細胞一つ一つに利久斗さんの愛情が打ち込まれていくような気がした。

「ぁっ、あっ、んっ……！」

あっという間に絶頂を迎え、潤いの泉が彼の分身をキュッキュと締め上げる。

肩を大きく上下して酸素を吸い込む。

頬が熱くなって、体中を勢いよく血液が循環している感じがした。

「イクときはちゃんと言ってくれないとダメだろう？」

「だって……」

「おしおきだ」

達したばっかりなのに、彼は腰を激しく動かし始めた。頭のてっぺんから足の先まで快楽が駆け巡っていく。

「あぁぁ、そんなに、激しくしちゃ……あぁぁああ、またイッちゃう……ッ……あぁぁぁん、あぁぁっ」

体を揺すられる。艶《なま》めかしい動きに錯乱しそうになる。

利久斗さんの欲棒が私の中で大きく膨らみ、鉄のように硬くなっていく。だんだんと速度を増し、おへその裏をえぐるような激しい動き。

頭の中がピンク色に染まる。

「風子、愛してる……好きだ……ハッ……」

力の入った腹筋に目をやり、利久斗さんの悩殺ボイスに耳までやられてしまう。

吐き出す息も、しっとりと濡れる額も、黒々と興奮に満ちた瞳も綺麗で、胸がキュンとする。奥深いところに挿し込んできて、肌と肌がぶつかり合う音が響く。

と思うと急に緩慢な動きになって、利久斗さんは腰でぐるぐると円を描いた。また違った感覚。つながっているところからぬるついた液体があふれる。

利久斗さんはふいに動きを止めて、私の背中に手を回してキスをしてくれた。

そのまま至近距離で見つめ合い、再び律動が始まる。

肉襞が摩擦されて、お腹の底から湧き上がる甘美な感覚。

「風子、俺もイク……ッく」

小さな呻《うめ》き声を上げて、利久斗さんが避妊具越しに熱い飛沫を放つ。同時に私も最高潮に達した。

「すごい……風子が俺を締めつけるッ……」

二人で呼吸を乱しながら、時折キスをして体の熱を冷ます。

ゆっくりと私の中から抜けていく剛直。その瞬間、寂しくてたまらなくなってしまった。

そんな私の気持ちが伝わったのか、それとも同じ気持ちだったのか、強く抱きしめられて唇を押しつけられる。

そのうちにまた硬いものが太腿に当たった。ゆるゆると腰を押しつけてくる。

「風子が……俺を興奮させる。……体が辛くないなら、もう一度愛してもいいか？」

「え……と、はい」

そうして長い夜が続いたのだった。


目が覚めると、狭いベッドの上、すぐ近くに自分以外の体温を感じた。

昨夜の甘い時間の記憶が蘇《よみがえ》ってきて、利久斗さんが泊まっていたことを思い出す。

寝返りを打つと、とても綺麗な顔が目に飛び込んできた。少しヒゲが伸びているけれど、眠っていてもやはり美しい。

利久斗さんが恋人になったことが、今も信じられない。

しばらく眺めていると、やがて彼も目を覚ました。目が合うとにっこりと笑う。手が伸びてきて、優しくキスをした。

「夢じゃなかったんだな」

「……はい」

「目が覚めて風子がいなかったら……俺は泣いていたかもしれない」

可愛い発言をされて、思わず頬が熱くなる。

「今日はデートに行こう」

「はい！」

デートなんて一度もしたことがないので喜々とした声を上げてしまった。

「一度ホテルに戻って着替えてくる。迎えに来ようか？」

「駅で待ち合わせというのもいいかと。憧れていたんです」

「わかった。どこに行きたい？」

私の髪の毛を弄《いじ》りながら、温かく質問してくれる。

恋愛にはずっと憧れていて、いろいろと妄想していたことがあった。

ウィンドウショッピングもいいし、お弁当を作って景色のいい公園でご飯を食べるのもいい。映画とかカラオケもいいし、ドライブするのもいい。好きな人と一緒なら、なんでも。

考えていると楽しくなってきて、どこにしようか迷ってしまう。

「楽しそうだな。なにを考えているのか教えてくれ」

「行きたいところがいっぱいあって迷っちゃいます。えっと、じゃあ、水族館なんてどうですか？」

「あぁ、風子が行きたいならどこにでも連れて行ってやる」

名残惜しそうにベッドから抜け出して、待ち合わせ時間を決めると、利久斗さんはホテルへ帰っていった。

それを見送ってから、私も急いでシャワーを浴びてメイクと着替えを済ませることに。

バスルームに入って鏡で自分の姿を見ると、体中に赤い花が咲いていた。こんなふうに愛されるなんて想像もしていなかったので、幸せに包まれて頬が熱くなる。

体を丁寧に洗ってから部屋に戻り、クローゼットの前で腕を組む。

悩みに悩んで、やっぱりデートはワンピースがいいかなと、水玉模様のワンピースをチョイスした。薄手の長袖カーディガンを合わせる。もらったばかりのネックレスも。

髪の毛はハーフアップにしてメイクは派手すぎず、でも病院にいるときよりは、ちょっと華やかに見えるように工夫した。

帰りが夜になるかもしれないと、祖母にメッセージを入れておく。

『出かけてくるから、ちょっと遅くなったらごめんね』

すぐに了解のスタンプが返ってきた。

準備を終えて、約束の駅に向かう。

ずいぶん早く到着してしまった。楽しみにしすぎたみたい。周りを見回すと、土曜日だからかカップルがたくさんいる。

デートなんて私には縁がないことだと思っていたのに、こんなことになるなんて、人生なにが起きるかわからない。

ふいに、周りの人たちよりも一際輝いて見える素敵な男性が目に入った。利久斗さんだ。

芸能人みたいなオーラを放っていて、すれ違う人たちが彼を目で追っている。ある女性があまりにもじっと利久斗さんを見つめていて、隣の彼氏がムッとした表情をしていた。

爽やかな水色のシャツにジーンズというラフな格好だ。病院で見るスーツに白衣姿もかっこいいけれど、私服もとても似合っている。

「お待たせ」

私の目の前に立つとにっこりと笑顔を向けてくれた。朝まで一緒にいたのに、こうして待ち合わせをすることが新鮮で、なんだかドキドキする。

「じゃあ、行こうか」

「はい」

手を差し出された。手をつなごうという意味だろう。

恥ずかしいけれど素直に握った。

「利久斗さんの手、大きいですね」

「風子の手はふわふわしていて気持ちいい」

改札を通って電車に乗る。混んでいて座ることはできない。私が他の人に押しつぶされないように端っこに立たせて、腕で囲って守ってくれていた。

こうしてさりげなく気を遣ってくれるところにも好感が持てる。

「腹が減ったからまずはランチにしようか」

「そうですね」

水族館のすぐ隣にはホテルがあり、そこでランチすることになった。

景色がいいところがいいねという話になり、利久斗さんが上階にある中華を選んでくれた。二人で決めたけど、ホテルでランチというのはちょっと気後れしてしまう。

緊張はしたけれど、注文したエビチリは美味しくて、窓から景色が堪能できるとても見晴らしのいいレストランだった。

食事を終えた私たちは水族館へ移動した。水槽の中を泳ぐ魚に目を奪われる。

「すごく綺麗ですね」

ふいに、はしゃぐ自分があまりにも子供なのではないかと思えて立ち止まった。

「一緒に写真撮ろうか」

水槽を背景に、顔を寄せ合ってスマホで自撮りする。

恋人とこうやって楽しい時間を過ごせることが嬉しくてたまらない。

利久斗さんが私に顔を近づけて微笑んだ。頬が熱くなって、心臓がトクトクと音を立てる。

(すごく幸せ……)

でも、隣を歩く彼はあまりにも素敵で、本当に自分でいいのかと何度も不安になる。

ゆっくりと館内を歩いて回り、イルカのショーを見たりして、ネガティブな思考を振り払うように今を楽しむことに集中して過ごした。

最後に館内のお土産屋に立ち寄った。祖母に買おうと、お土産を選ぶ。

「うちの祖母、可愛いぬいぐるみとか好きなんです。どれがいいかな」

「これはどうだ？」

もふもふとしたピンク色のイルカのぬいぐるみ。

きっと喜んでくれるだろうと迷わず手に取ると、利久斗さんが私の手からそれを取り、会計を済ませてくれる。

「はい、どうぞ」

「なにからなにまでありがとうございます」

楽しい時間はあっという間に終わり、夕食も一緒に食べることになった。

私もある程度お金に余裕はあるけれど、祖母の生活も支えているのであまり贅沢はできない。

一方の彼は凄腕のドクター。給料も桁違いだ。

庶民の私とでは、食の好みが合わないかもしれない。

この前は牛丼を一緒に食べてくれたけど、もしかしたら無理していた可能性もある。そんなことを考えると、気分が重たくなってきた。

利久斗さんが心配そうに顔を覗き込んでくる。

「浮かない顔してるけど大丈夫か？」

「……はい」

「遠慮しないでなんでも言ってほしい」

誤魔化そうかとも思ったけれど、価値観の差は避けては通れないものだ。

「その……ごはんとか、あまり高級なところでばかりデートするのは、私は経済的にちょっと難しいなと……。でも利久斗さんはホテルとか好きなのかなとか思いまして」

「ホテルが好きなわけじゃない。風子に喜んでもらいたかったんだ。俺がすべてご馳走するから、心配しないで」

「毎回は申し訳ないです」

「わかった。じゃあたまには手料理をご馳走になろうかな。昨日のオムライスは美味しかった」

「ありがとうございます」

「せっかくだから、夜景の見えるところに行こう」

そう誘われてイタリアンレストランに入るが、比較的リーズナブルなところをチョイスしてくれた。私の気持ちを汲んできちんと気遣ってくれるところも、心が奪われるポイントの一つだ。

私は魚介ベースで、利久斗さんはバジルが効いたパスタを選んだ。お互いに一口ずつ交換して、味の感想を言い合った。

「そろそろホテル暮らしをやめて引っ越そうと考えてるんだが、風子の家の近くに住もうかなと」

「そうなんですね」

「なにかあればすぐに飛んでいけるよう、なるべく病院から近いところがいいし」

休日でも患者の容体が悪くなると呼び出されることがあるのだ。

「今日は珍しく一日連絡が来なかったから、平穏だった」

いつも気が休まることがなくて大変そうだ。せめてプライベートでは、リラックスしてほしい。

「俺は交際を隠す必要はないと思うが、風子は？」

「私はまだ実感がないというか……。交際していることを明かして、院内のスタッフが仕事に集中できなかったら申し訳ないので」

私が答えると、彼は考え込むように腕を組んだ。

「なるほど。風子が危ない目に遭うと大変だし、当分秘密にするしかないな。ところで、園田さんとは仲がいいのか？」

「ずっと仲よくしてくれていて、年に一回一緒に旅行したりしています」

「なるほど。彼女にだけは伝えておこう。なにかあったとき、力になってくれるかもしれない」

「わかりました。話す機会があれば私から伝えておきますね」

彼は頷いてから、ふいに真剣な眼差しを向ける。

「こんなタイミングで言うことかわからないが、話しておきたいことがある」

改まった物言いに、私は乾いた唇をそっと湿らせた。

「なんでしょうか？」

「俺の父親は、うちの病院の院長だ。叔母が理事長をやっている」

「そうだったんですね」

こんな大病院の院長の息子だったなんて。考えてみれば院長と同じ苗字なので、その可能性だってあると、なぜ気づかなかったのだろう。

「実は病院の経営状態があまりよくなかったんだ。そこでアメリカに行った俺が呼び戻された。俺が帰国してからは患者が増えて、経営状態も上向きになっている。本当はアメリカでもっと技術を磨いてから日本に戻ってきたかった……。でも、帰国したおかげで風子に再会できた」

彼の葛藤を聞いて胸が痛いが、どんな言葉をかけていいのかわからない。

「俺が院長の息子だと、直に広まるだろう。今もそういう憶測がまったくないわけじゃないからな。様々な噂を立てられるかもしれないが、俺の言葉だけを信じてほしい」

「はい」

たとえ秘密にしていても、いろいろなレベルが異なる利久斗さんと交際していれば、いつか不安なことが起きるのは予想できる。

でも、彼と付き合うと決めたのだから、怖いけれど信じて前向きに進んでいきたい。

食事が終わると家の前までわざわざ送ってくれた。そして人がいないことを確認してマンションの前でハグをしてくれる。

長くて逞《たくま》しい腕に抱きしめてもらうと温かくてとろけてしまいそうになった。

「じゃあ、また」

「ありがとうございました」

姿が見えなくなるまで見送って、マンションのエントランスに入る。

帰宅すると、温泉旅行から帰ってきた祖母がいた。

「風子、おかえり」

「おばあちゃんも、おかえり。楽しかった？」

「ええ。お土産買ってきたわよ」

そう言って、おまんじゅうやキーホルダーなどを渡してくれる。

「ありがとう」

「いいところだったわよ。魚介もお肉も最高だったわ」

料理の話や景色の話をしてくれて、私はそれをうんうんと聞いていた。

聞きながら、私の水族館のお土産はどのタイミングで渡そうかと迷う。

お土産を出せば、誰と行ったという話になって、利久斗さんとの交際まで伝えることになるだろう。今までまったく恋人がいなかった私の話を聞いて、祖母がびっくりしないか心配だ。

「おばあちゃん、これ、お土産」

話が途切れたのを見計らって、袋からイルカのぬいぐるみを取り出す。祖母は顔をクシャクシャにした。

「あら、まぁ、可愛いわね。水族館に行ったの？　誰と？」

（ほら、やっぱり）

「驚かないで聞いてね。……実は恋人ができたの」

「えぇ！　本当かい？」

目を輝かせ、頬を真っ赤に染めて興奮する祖母に、私は笑顔で頷く。

「相手はどんな人なの？」

「先日転勤してきたお医者さん」

「まぁ！　運命の人だったのね」

「お母さんが入院していた病院で研修医として頑張ってた人で、再会して……」

祖母は今にも小躍りしそうなほど、喜びをあらわにしていた。

「花嫁姿が見られるのを楽しみにしていてもいいのかしら」

「それはまだ気が早いよ」

「私もまだまだ長生きしなきゃね。でも早く結婚してほしいわ」

「おばあちゃんの気持ちはすごくわかるけど、どうなるかな」

「今度紹介してね」

彼との結婚を夢見てもいいのかな。

交際を長く続けていかなければお互いわからないこともあるし、今すぐには将来を決められないけれど、利久斗さんのような人が旦那様になってくれるなら、これほど幸せなことはないだろう。

一緒に同じ家で過ごして、私の手料理を食べて暮らして、彼の遺伝子を継いだ子供を出産する……

（憧れてしまうなぁ）

でも、どうなるかは本当にこれからの交際次第だ。結婚結婚と、あまりプレッシャーをかけないように、自然と関係を深めていきたい。

◆

利久斗さんとお付き合いを始めてから、ナースステーションで顔を合わせるとき、どんな表情をしたらいいのかわからず、ドキドキする。

別に悪いことをしているわけじゃないけど、周りの人に交際を隠していると、ちょっとだけ後ろめたさも感じる。

「おはよう」

「おはようございます」

毎朝恒例の回診にドクターの軍団がやってきた。

その中に一際異彩を放つ利久斗さんがいる。私にしかわからないようにこっそりと、視線を送られた気がした。

ベッドの中で見せる黒々とした瞳の熱い眼差し。職場だというのに、視線に犯されているみたいな気分になって、他の人に気づかれないように小さく息をついた。

(まさか、私がオフィスラブをするなんて……予想外すぎるっ!)

感情が顔に出てしまわないよう、冷静に仕事をしているつもりだ。

患者のカルテをチェックしている利久斗さんの横顔があまりにも美しい。

私はなるべく見ないようにしていたが、周りにいるスタッフたちが色めき立っているのがわかった。

最近、これまで私の知らないところで囁かれていた『彼が院長の息子』だという噂が病院中に知れ渡ったのだ。そのせいで玉の輿《こし》を狙う人が増えた。

「村山《むらやま》さんだが、薬の量を調整しようと思う。一mg増やしてもらってもいいか？」

「了解しました」

声をかけられた看護師が頬を真っ赤に染めて、元気よく頷く。

やっぱり、私たちの交際がスタッフに知られてしまったら大変なことになりそうだ。

利久斗さんは、患者さんのご家族からもしょっちゅう桃色の視線を向けられているし、先日も患者さんからお見合いを勧められていた。

そんなことばかりで、このところ彼はうんざりしているようだった。

ナースステーションの電話が鳴り響く。応答すると、これから緊急の患者さんが入院してくるとのこと。

看護助手にベッドのセットを依頼し、メールで送られてきた情報をもとに患者情報を作っていく。

すぐに救急車で運ばれてくる患者を迎えに行くことになった。

こんなに走り回っているのになかなか痩せないのは、摂取カロリー過多なのかもしれない……

そんなこんなで、今日も残業になってしまった。日中にイレギュラーの対応が多くて、カルテをまとめていたら二十一時を過ぎていた。

ロッカールームに入ると、真由香が疲れたと言いながら着替えている。

「もうお腹ペコペコだよ。なにか食べて行こうか」

「そうだね」

もう夜も遅いから本当はサラダで済ませるべきなのだろうが、一生懸命働いたので、ついついしっかり食べたくなってしまう。私たちは近くのファミレスに寄ることにした。

私はハンバーグステーキ定食を、真由香はナポリタンを注文。ドリンクバーもつけて、甘いジュースで乾杯する。

「今日はハードだったね」

げっそりした顔で嘆く真由香に私は深く頷いた。

「こういう日もあるよね。今日も一日頑張った」

料理が運ばれてきて、二人で手を合わせて「いただきます」と言う。

よく練られて柔らかいハンバーグからは肉汁があふれ出し、デミグラスソースとの相性がとてもいい。付け合わせのブロッコリーやニンジンのグリルも最高だ。白米を口に含んで幸せを噛み締める。

「風子、本当に美味しそうに食べるよね」

「そうかな？」

首をかしげたが、褒められていると受け止めて私は笑顔を浮かべた。

ハンバーグを食べ終えてもまだ物足りないので、追加でチョコレートバナナパフェを注文する。

甘いものは別腹だ。

「一口食べる？」

「私はもう入らない」

そう言って、真由香は首を横に振った。だから細いのだろう。

利久斗さんの恋人として隣を歩くなら、もっと容姿にも気をつけなければと反省する。

明日からは食べ物に気をつけて、ダイエットしようと決意した。

（でも食べ物を我慢するのって、ストレスになるんだよなぁ）

そういえば、真由香には交際を報告することになっていたんだった。

今は周りに知ってる人もいないし、チャンスだ。

「ちょっと報告があるんだけど」

「ん？」

「実は、桐生先生とお付き合いすることになりました」

つい敬語になってしまう。

「やっぱりね」

驚かれるかと思ったけど、普通の反応だったので気が抜けてしまった。

「桐生先生、風子のことしか目に入ってない感じがしてたもん。だから私は絶対に無理だと思って、狙わないことにしてたの。二人が付き合ってくれてハッピーだよ」

「ありがとう。私でいいのかなってすごく不安なんだけど、過去につながりがあって、そのことを桐生先生が覚えていてくれたんだ」

かいつまんで説明すると、真由香はうっとりと目を細めた。

「運命的な出会いだね。それに、初めての恋人ができたってことだよね？　おめでとう！」

素直に喜んでくれて、思わず安堵の吐息が漏れる。

「私も医者と付き合いたいな」

羨ましそうな視線を送られる。そして、身を乗り出しておちゃめな笑顔を向けてきた。

「桐生先生に、今度誰か紹介してって言っといてね」

「わかった。それで……このことは誰にも言わないでほしいの。桐生先生が真由香にだけ伝えていいよって言ってくれて。先生、病院内外からとても人気があるでしょう？　私と彼が付き合っていると噂になったら、仕事に支障をきたす人がいるかもしれない……だから内密にしてもらえるかな」

「了解。桐生先生に憧れる人に横やりを入れられたら可哀想だし。二人が結婚するまでは秘密にしといたほうがいいと思うよ」

「結婚なんて……」

反射的に否定しようとしたが、結婚前提に交際を申し込まれたのだ。どこまで本気かはわからないが、利久斗さんはとても真面目だし、嘘をつくタイプではないはず。

「院長の息子なんでしょう？」

「そう、みたいだね」

「大変そうだなぁ。覚悟はあるの？」

「……覚悟ってなかなか決められないよね。それにまだそんな……話」

「ごめん！　焦りすぎた」

真由香は大笑いしてから、オレンジジュースを飲み干した。

「いいなぁ。私も素敵な医者の彼氏が欲しい！」

そう言ってジタバタしている同僚を見つめて私は微笑んだ。

家に帰ってくると、ちょうど利久斗さんからメッセージが届いた。

『今日も一日お疲れ様』

『お疲れ様でした。真由香と食事をして帰ってきて、お付き合いしていることを報告してきました。喜んでくれました』

『それはよかった。近いうちにおばあさんに挨拶に行きたいんだけど、どうだ？』

『伝えておきます』

利久斗さんはなにかを急いでいるような気がするけど、気のせいだろうか？

第三章　好きだけじゃダメ

六月中旬の爽やかな青空。太陽が昇ると、体がしっとりと汗ばむ季節になった。

利久斗さんとお付き合いし始めて一ヶ月が過ぎていた。

土曜日は毎週のようにデートして、平日でも彼の仕事が早く終わったときは一緒に夕食を共にすることもあった。

私が高級なものはたまにがいいと言ったので、入りやすい洋食屋や蕎麦屋にも行った。二人で食事をしていると楽しくて、会話が途切れることがない。

このまま一緒の家に帰って共に眠りたいなと思う日々。

彼は相変わらずホテル暮らしで、ホテルのルームサービスを利用して食事をしてから、たっぷりと愛されるという夜もあった。

回数を重ねれば重ねるほど、大切にされているのが伝わってくるし、心から私を好いてくれているのもわかる。

自信のなかった私が少しずつ、自分を肯定できるようになってきた。それは本当に利久斗さんのおかげだ。

前に考えた通りダイエットしようともしたけれど、あまり無理をしないほうがいいと言われた。でも、やっぱり少しでも綺麗に見られたいので、最近はカロリー摂取を控え、運動を心がけている。そのおかげで、利久斗さんとの交際が始まる前と比べて二キロ減った。

それなのに利久斗さんは無理して痩せたんじゃないかとすごく心配する。彼はとても過保護だ。

ところで、今日は祖母が朝から落ち着きがない。もう充分綺麗な部屋を念入りにまた磨き始めたり、髪の毛を整えたり。

なぜなら、これから利久斗さんが挨拶に来るからだ。

お昼ご飯に祖母の手料理を振る舞うことになっている。昔ながらの甘じょっぱい味付けの煮物や、炊き込みご飯。利久斗さんも気に入ってくれるに違いない。

十一時半になり、家のチャイムが鳴った。扉を開けると、ワイシャツにカジュアルなジャケットを羽織り、スラックスを穿きこなした利久斗さんが立っている。

「風子、おはよう」

「わざわざご足労ありがとうございます」

「硬いな」

利久斗さんを家に入れたところで、祖母も玄関にやってきた。あまりにもハンサムで驚いたのだろう。彼を見上げて数秒間、固まっていた。

「……はじめまして、風子の祖母です」

「結婚を前提にお付き合いさせていただいております、桐生利久斗と申します。本日はお招きいただき、ありがとうございます。こちら、つまらないものですが」

利久斗さんが紙袋を差し出して頭を下げる。

「あら、ありがとうございます。どうぞ」

中に招き入れて、ソファに座ってもらった。

「まずはリラックスしてお食事でもどうぞ」

祖母お手製の料理をテーブルに並べる。

「美味しそうですね。いただきます」

いつものことながら、箸を扱う姿もとても品がいい。育ちのよさが滲《にじ》み出るようだ。

「お医者様になるなんて素晴らしいですね。いつから志したんですか？」

「実は父親も医者で、幼い頃から自分も目指していました」

興味津々な祖母に、彼は嫌な顔一つ見せない。

そういえば、利久斗さんのお父さんはうちの病院の院長なのだ。親も医者なんて、彼は想像しているよりももっとセレブなのかもしれない。

それでも、彼が私を愛してくれているのは本当だと思うし、そういうことで不安を抱いてはいけない。

「まだ正式なプロポーズはしていないんですが、風子さんと結婚したいと思っています。もし結婚することになったら、おばあさんも一緒に暮らしませんか？」

「私のことまで考えてくださってるの？　本当に素晴らしい方ね」

私も彼がそこまで考えてくれているとは知らなかったので胸が熱くなる。

（でも……そこまで甘えてもいいのかな）

食事が終わると、私の小さい頃のアルバムを持ち出して、和気あいあいと過ごした。

「お茶のおかわりを持ってくるわね」

「お構いなく」

もうすっかり心を許した様子の祖母。

リビングで利久斗さんと二人きりになり、微笑み合った。

「おばあちゃんも、利久斗さんのこと気に入ったみたいです」

「俺もだ。一緒に過ごしていて違和感がない」

「その……同居のこととか、いろいろ考えてくれていたんですね。ありがとうございます」

正式なプロポーズはまだだし、彼のご両親にも挨拶していない。だから今すぐに結婚ということはないだろうが、もしこのまま順調に交際が続いたら、本当に結婚して幸せな未来が待っている。

そんな確信が胸の中に膨らんでいった。

――ガシャン。

ふいに、幸せな気持ちをかき消すように、ガラスの割れる音が耳に届いた。

私と利久斗さんが慌ててキッチンに向かうと、祖母が眉間に皺《しわ》を寄せながら胸の辺りをつかんで倒れていた。

「おばあちゃん！　大丈夫⁉」

利久斗さんがすぐにしゃがみ込み、脈拍を測る。今まで穏やかな顔をしていた彼の表情が、一気に引き締まったものに変わった。

「これは危険な状態だ。救急車を呼ぶ」

「は、はい」

慌ててスマホを取り出し、一一九番を押す。

『救急ですか？　火災ですか？』

「え、と……」

「救急です。私は医師をしています。救急車をお願いします」

動転していてすぐ答えられない私の手からスマホを取り、利久斗さんが住所や病状を説明してくれた。

なにもすることができなかった……

私が呆然としている間にも、うちの病院に運ぶように伝え、利久斗さんが電話を切る。

彼は続けて病院にも電話をして、患者が緊急で運ばれる旨を伝えてくれた。

間もなくして救急車が到着し、救急隊員がやってくる。担架に祖母を乗せて救急車の中まで運んだ。

私と利久斗さんも同乗する。

祖母に酸素マスクがつけられ、バイタルチェックが始まる。

ついさっきまで元気だったのに、意識のない祖母の苦しげな顔を見て、頭が真っ白だった。

「おばあちゃんっ……お願い……」

取り乱す私の背中を、隣に座る利久斗さんが優しくさすってくれる。

「大丈夫だ。必ず俺が助ける」

「はい………」

力強い言葉に心が少しだけ落ち着いた。

病院に到着し、すぐに検査が始まる。

心臓の血管の一部が詰まってしまったらしく、緊急手術をすることになった。

執刀医は、利久斗さんだ。

今すぐにでも手術してほしい患者さんがたくさんいて、予約待ちが発生している先生だ。申し訳ない気持ちもあったけれど、今は、祖母の命を助けてほしいとお願いするしかなかった。

手術が始まり、手術室の前で祈るように待つ。

母が亡くなってから、ずっと私の面倒を見てくれた。いつも穏やかで、楽しい話が大好きな祖母の笑顔が頭に思い浮かぶ。

(……どうかお願いします)

手術室の前の椅子に座り、手を握り合わせて待ち続けること四時間。手術室の扉が開いた。

ストレッチャーに乗せられた祖母はまだ眠っているようで、そのまま集中治療室に運ばれる。

紺色の手術着姿の利久斗さんも遅れて手術室から出てきた。

「一命はとりとめた。ただ、予断は許されない状況だ。二日間、なんとか乗り越えてもらいたい」

「最善を尽くしてくださって、ありがとうございます」

不安でどうしようもない私の背中をさすってくれる。

集中治療室に運ばれた祖母のところに行くと、今は心拍も呼吸も落ち着いているようだった。

病棟に移動して、看護師長に事情を説明する。すぐにシフトを確認して、二日間は休みを取ってもいいと言ってくれた。ありがたく祖母を優先させてもらおうと勤務変更届を提出した。

一人きりの家に帰る気にならず、病院のロビーでぼんやりとしていた。

「あ……」

ふと気がつくと夜中になっていて、外来は最低限の電気しか点いていない。辺りが暗くなると、気持ちも一層沈んでしまう。

「少し休んだほうがいい」

靴のつま先を見つめていた私にそう声をかけたのは、利久斗さんだった。

その手には甘いココアを持っている。

そういえば食事もしていない。

「ありがとうございます」

仕事で忙しいだろうに、私を心配して様子を見に来てくれたのかもしれない。

利久斗さんの言う通り、私まで倒れてしまったら大変だ。必要最低限のカロリーは摂取しなければ。

「……私は祖母にまだ恩返しできていないんです」

最悪の事態なんて想像してはいけないけれど、もしかしたらと考えると、温かいココアを受け取った手が震えてくる。

彼が私のその手を強く握った。

「諦めるのはまだ早い。おばあさんは必ずよくなる。信じろ」

「はい」

涙がポロポロと零れる。

「私の花嫁姿を見るのが祖母の夢なんです」

「そうだったんだな」

「……うぅっ」

泣いてもどうにもならないことはわかっているのに、涙を止められない。

そんな私を彼はずっとそばで見守ってくれていた。

そうしている間に太陽が昇り、人の出入りが増えて、また夕方になり、夜が来る。

いつものように時間が過ぎていくのに、その間、暗く落ち込んだ気持ちはずっと同じところをぐるぐるしている。祖母が元気なうちにもっと恩返ししておくべきだったと後悔ばかり襲ってきた。

しかし私の心配は杞憂《きゆう》に終わった。祈りが通じたのかもしれない。祖母の回復力は驚異的だった。

私が呆然と過ごした翌日。祖母の意識が戻り、体の状態は予想よりも安定していて、さらに二日後には一般病棟に移動することができた。早くも自力で軽い食事から摂れるようになったのだ。

私はいつまでも仕事を休むわけにはいかないので職場に復帰したが、仕事中でも、祖母の様子を少し見に行けるので安心している。

勤務を終えて祖母の様子を見てから帰るのが最近の日課だ。

「お仕事終わったのかい？」

「うん」

「本当に命拾いをした。これからはもっと健康に気をつけて頑張らなきゃいけないね」

すっかり元気になり、ほっとした。入院は二週間の予定である。退院後は自宅で安静に、無理なく生活してほしいとのことだった。

「今日はデートじゃないのかい？」

「そのことなんだけど、付き合ってることは秘密にしているから、誰にも言わないでね」

「秘密にしなきゃいけないことなの？」

「仕事しにくいって思う人もいるかもしれないでしょ？」

「なるほどね」

すんなりと納得してくれたようでよかった。

「でも順調に回復してるみたいで本当によかったよ」

「風子が結婚して家族を持つまでは絶対に死ねないからね」

そう言われると胸がズキンと痛む。

私も結婚して早く祖母を安心させたいが、利久斗さんにもタイミングがあるのだ。

それに、相手は院長の息子。

本当に結婚してもいい相手なのかと、心が揺らぎ始めている。

「あんな素晴らしい人はいないわ。おばあちゃんは大賛成よ」

「そうだね。まずは退院することを考えて体の回復に努めて。じゃあ今日は帰るね。少しでも様子がおかしいと思ったら、迷わずナースコールを押してね」

「ありがとう」

祖母は手を振って見送ってくれた。


その日の夜は、利久斗さんから会いたいと言われていた。病院を出て、彼が宿泊するホテルに向かう。

本格的に引っ越しを考えているそうだが、忙しくてなかなか時間が取れないらしい。「不動産屋さんデートでもいいよ」とは伝えてあるのだけど……

到着して部屋のチャイムを押すと、すぐに彼が出てきた。

部屋の中に招き入れられて、ルームサービスを頼んでくれる。今日はサラダとステーキとスープのセット。

私が食べる姿に、利久斗さんは安堵したように微笑んだ。

「やっと食欲が戻ってきたな」

「全部、利久斗さんのおかげです」

デザートのティラミスを食べながら、ちらちらと彼の顔色をうかがってしまう。

きっとなにか話したいことがあって呼び出されたのだ。

緊張して笑顔が引きつってしまう。

「俺がこのタイミングでアメリカから帰ってきたのは、やっぱり運命だと思うんだ。風子のおばあさんを助けることができたし、今となってはいいことだった」

「本当に感謝してもしきれません」

「いや」

利久斗さんがそう短く答えて、しばらく間が空いた。

「あ、あの……」

沈黙に耐え切れずに口を開きかけると、利久斗さんが私を押し留めるように顔を上げる。

「――俺と結婚してくれないか？」

「結婚……」

「おばあさんは、風子の花嫁姿を見たいと言っていたんだろう？　病気になって心細いはずだ。このまま順調に行けば、回復して二週間後には退院できる。元気になったお祝いに、入籍の報告をしてあげないか？」

言葉に詰まっていると、彼はポケットから小さな箱を取り出した。

そして椅子に座っている私の横に来て、膝をつく。

両手で包むように持った箱の蓋をパカっと開けると、ダイヤモンドのリングが入っていた。

「俺は父の跡を継いで院長になり、たくさんの人を救っていきたいと思っている。ただ、院長の立場は予想している以上に大変だろう。しかし、風子となら乗り越えていけると思うんだ。この先も愛する風子と一緒に過ごしていきたい。年を重ねても仲よく暮らしていきたい。結婚してほしい」

心のこもったストレートなプロポーズに、私の頭は真っ白になった。

信念を持った目が私を見つめる。

浮き立つ気分と同時に、本当に自分でいいのか自信がなくなっているのも事実だ。

なかなか返事をしない私に、利久斗さんが訝《いぶか》しげな視線を向ける。

「風子、俺じゃダメなのか？」

私は慌てて頭を左右に振る。

「利久斗さんは完璧な人です。……だから、『好き』だけじゃダメな気がして」

彼は瞳を輝かせた。

「初めて俺のことを好きだと言ってくれた」

「そうですよね」

興奮したような彼が立ち上がって私の手を握る。

「その好きだという気持ちがあればいいいんじゃないのか？　少し早いかもしれないが、来月籍を入れたいと考えている」

グイグイ迫ってくるので、私は握られた手を振りほどいた。

「ちょっと待ってください！　プロポーズは嬉しいですけど、今すぐには返事ができません」

「どうして？」

「本当に私があんな大きな病院の次期院長を妻として支えることができるのか……まだ覚悟を決められません」

彼は理解したというように頷いて、私から半歩離れた。

「花嫁姿を見せたいという風子の夢と、心から愛する人と結婚するという俺の夢が叶う、素敵なことだと思ったんだ。だから、少し早かったかもしれないが、プロポーズさせてもらった」

私を大切に思ってくれていることが伝わって胸が締めつけられる。

「でも結婚は人生の一大イベントだ。よく考えてくれていい」

長い腕に抱きしめられて私はそっと目を閉じた。

「もう一度言わせてほしい。結婚したら後悔はさせない。院長の息子として苦労をかけることもあるかもしれないが、絶対に幸せにする。信じてついてきてほしい」

利久斗さんの真剣な想いが胸の中に広がっていく。

だからこそ、憧れている気持ちだけで結婚を決めてしまってはいけないと強く思う。

彼と同じぐらい、私も真剣に考える必要があるのだ。

「少し時間をいただけませんか？」

「わかった。いい答えをもらえるように待っている」

◆

予定通り、祖母は二週間で退院することができた。退院した日は、祖母の大好物のうな重を出前で頼んだ。祖母の希望とはいえ、うなぎはまだ重すぎるかとも思ったけれど、とても喜んでくれて、元気になって本当によかった。

しばらくはあまり無理をせず、のんびりと日常生活に慣れていってもらわないと。

私は祖母が意識を取り戻してからだんだんと日常を取り戻していったが、問題が起きてしまった。

祖母が病院に運ばれたとき、救急外来で対応したスタッフが『桐生先生と河原さんが一緒に救急車に乗ってやってきた』と噂を流してしまったのだ。

それをきっかけに、私は冷たい視線を浴びるようになった。

噂は尾ひれや背びれをつけて勝手に泳いでいく。

プライベートで会っているのではないかとか、もしかしたら付き合っているのではないかとか。またはセフレなのではないかとか。ひどいことを言う人もいる。

それに加えて、利久斗さんが院長の息子だということも広まり、彼を狙う女性もさらに増えた。玉の輿《こし》に乗ろうと奮起している看護師や、入院患者の社長令嬢など、利久斗さんを手に入れようと必死な人が多い。

ある日はロッカーに『調子に乗るな』と張り紙がされていた。この前は階段を下りているときに思い切り背中にぶつかられ——まるで突き飛ばすような勢いだった——肝が冷えた。

そんなふうに、あからさまな嫌がらせを受けるようになってしまった。本当に大人がしているのかと思うようなことが多々起きている。

こんなんじゃ、交際が事実だなんて誰にも知られてはいけない。

心が疲弊して最近眠れていないけれど、心配させたくなくて利久斗さんには伝えずにいる。

そんな状態が祖母の緊急搬送の二、三日後から始まり、今日は久しぶりの日曜日の休み。

今日は、同じくお休みの利久斗さんとデートする約束をしている。

そろそろ、プロポーズの返事をしなければいけない。

朝目覚めてカーテンを開けると、太陽が燦々《さんさん》と輝いていた。

七月に突入して気温が上昇し、黙っていてもしっとりと汗をかくようになった。

夏らしい格好をしようと、今日は水色のコットンワンピースを選んだ。髪の毛をアップにして化粧をする。

リビングでは祖母がのんびりと冷たいお茶を飲んでいた。

「出かけてくるね」

「デート？」

「うん」

「桐生先生によろしく伝えてね」

「わかった。暑くなるだろうから、水分補給をしっかりしてね。なにかあったら、すぐに連絡入れて」

「大丈夫よ。心配しないで楽しんでおいで」

「行ってきます」

あれ以来、祖母の背中が一回り小さくなった気がする。利久斗さんにプロポーズの返事を待ってもらっていることもそうだけど、祖母の年齢的にも、のんびり考えてもいられない。

目の前に私と結婚してもいいと言ってくれる人がいるのなら、祖母のためにも結婚するべきなのではないか。

でも、いくら祖母に恩返ししたいと思っても、結婚は誰かのためにするものではない。私が利久斗さんと人生を共にすることができるのか、そこが重要なのだ。

そんなことを考えながら家を出た。

今日は利久斗さんが車で迎えに来てくれている。我が家のすごく近くにあるタワーマンションにとりあえず引っ越したそうだ。

私の姿を認めると、車を降りて助手席の扉を開けてくれた。

「おはよう、風子」

「おはようございます」

爽やかな笑顔を浮かべて、利久斗さんが私を見つめる。まるでおとぎ話から出てきた王子様のように素敵で眩しい存在だ。

今日は彼の運転する車で海の見えるレストランでランチをして、ホテルで一泊することになっていた。

事前に購入してくれていたアイスカフェオレを飲み、ラジオから流れてくる音楽をＢＧＭに、景色を眺めながらのドライブ。海が見えてくると爽やかなブルーが煌《きら》めいた。

到着したのは、和と洋が融合したレストランだ。

足を踏み入れると、時間の流れがゆっくりになったかのように、リラックスした空気に包まれる。

「とてもいいところだね」

「あぁ、友人に聞いたんだ」

和食ランチが個室に運ばれてきて、二人で舌鼓を打つ。

煮物やお造り、小さいお椀には冷たいお蕎麦が入っている。

「美味しいね」

「風子が食べているところを見ると余計にうまく感じるよ」

「利久斗さんったら」

お腹がいっぱいになり、私と利久斗さんは海辺に向かった。手をつないで歩いているだけで、幸せだ。

しばらく散策して、彼が連れてきてくれたのは、客室にプライベートプールがついているホテルだった。

「えー、すごい！」

テラスには広々としたプールと小さな露天風呂、バーベキュースペースがあった。肉や野菜が用意されている。二人で利用するには広すぎるほど豪華だ。

「あ、あの、でも……ちょっと贅沢すぎるかなぁ……と」

せっかく予約してくれたから迷ったが、正直に気持ちを伝える。

「今日だけは譲れない」

有無も言わせない口調だ。私は彼の真剣な顔を見つめ、頷いた。

「楽しみます」

「あぁ」

「……わぁ、バーベキューがある！」

気持ちを切り替え、まずはバーベキューを楽しんだ。すぐ横のプールはライトアップされていて、見ているだけでロマンチック。大人二人とは思えないほどはしゃいでしまった。

「泳ごう」

「水着……ないですよ？」

「二人きりなんだ。裸でいい」

「……はい」

恥ずかしかったけれど、服を脱いで一糸まとわぬ姿になる。

プールは温水で、暑すぎず寒すぎず、適温だった。

私は実は泳ぐのが得意なのだ。少し泳いで見せると、利久斗さんが楽しそうに追いかけてくる。

そして捕まえられてしまった。

「捕まえた」

「きゃ」

彼に触れられると、あっという間に体が熱を帯びて、胸の先端がぷっくりと浮かび上がった。

「んっ……」

すぐに反応してしまう私を見て楽しそうに笑っている。恥ずかしくて涙目になりながらちょっぴり睨むと、唇を奪われた。そのまま深い口づけに変わっていく。

手のひらで胸を包み込むように揉まれ、その手がウエストラインへと移動する。そうして、ぽっちゃりとしたお腹のお肉をつまんでたぷたぷと揺らすのだ。

「もぉう」

頬を膨らませると彼は笑う。

プールから上がってドリンクを飲みながら、筋肉質で逞《たくま》しい体に見惚れてしまう。

ほどよく筋肉がついた胸板と引き締まったお腹周り、そして、天に向かってそそり立っている熱の塊。血管が浮き出ていてグロテスクな形をしているのに、好きな人の物だと思うと美しく見える。

「どうした？」

からかうように言うので、私は目を逸らした。

「風子、触ってくれないか？」

「……はい」

ドキドキしながら手を伸ばし、握り込んで根元から先に向かって上下に動かすと、彼はうっとりしたようなため息を漏らした。

「なぜそんなに淫らな触り方をするんだ」

「そんなつもりは……」

否定しようとしたのに彼は唇を重ねて口を塞ぎ、私の敏感な真珠を指で弄《いじ》り始める。

「……ぁっ」

声を出すと誰かに聞こえてしまうかもしれない。

我慢しなければと思えば思うほど、脚の間がヌルヌルしてくる。

それに気がついた彼が中指を沈めてきた。かき混ぜるように動かされ、蜜があふれてくる。

そして耳元で囁くのだ。

「もうこんなに濡らして……。いけない子だ」

「だって、利久斗さんが……っ」

私が椅子の横に立ち、彼は座ったまま下から指を突き立ててくる。

刺激に耐えられず、思わず逞《たくま》しい首にしがみついた。

大きな声が出てしまわないように、呼吸を繰り返してなんとか熱を逃がすが、あっという間に高みに上り詰めてしまう。

「っ……！」

崩れ落ちた私を利久斗さんが抱きしめてくれた。

自分だけ達したのが申し訳なくて、そのましゃがみ込んで屹立《きつりつ》を包み込む。羞恥心に襲われながら大きなソレを口に含んだ。

「どこで覚えたんだ」

手のひらで頭を撫でられる。

喉の奥まで入れては手前まで引き抜く。それを繰り返していると口内で剛直が膨れ上がるのがわかった。

根元をつかんでしっかりと固定し、刺激を続ける。

頭上から苦しそうな呼吸が聞こえてきて、あっという間に彼は私の口の中に白濁を放った。

しばらくして落ち着いた私たちは温泉に浸かった。

利久斗さんは私のことを後ろから抱きしめて、お湯の中でも胸を触っている。

「柔らかい」

「くすぐったいです……」

二人でこうしてじゃれ合うのが楽しい。いつまでもこの時間が続けばいいのに。

ふと、彼が改まった口調で言った。

「一緒に救急車に乗ったのが原因で、いろいろ噂をされているようだな。風子が辛い思いをしていないか心配だ」

「祖母を助けるためには仕方がなかったんです。それに、交際を秘密にしてるとはいえ、利久斗さんの恋人になるからにはある程度の覚悟はしていました」

私を抱きしめる腕に力がこもる。

「ごめんな。俺自身はどんなに辛い目に遭っても構わないが、風子を悲しませるようなことはしたくないのに」

「その気持ちだけで充分です」

たしかにここ最近嫌がらせは続いているが、こんなにも彼が愛してくれるなら、私は頑張れそうだ。

いつか隣を歩いていても認めてもらえるような素敵な女性になろう。外見だけじゃなくて、仕事も頑張って、身も心も美しい女性になりたい。

「なぁ、風子。そろそろプロポーズの返事を聞かせてもらえないか？」

リラックスしていたが、その問いかけに心臓がドキンと跳ねた。

「そうですよね……」

「実は、父から結婚を急ぐように言われているんだ。なるべく早く跡取りを残すようにと言われている。俺ももう三十を過ぎているから」

「そうだったんですね」

振り返って見上げると、彼は真剣な顔で頷いた。

「最近ではお見合いの写真を持ってくるようになった」

そう言って、困ったというように頭を左右に振る。

「でも、私で大丈夫なんでしょうか……」

「俺は病院を立て直すためにアメリカから帰ってきたんだ。結婚くらい好きな人とさせてもらいたい。親のことが不安なら、どんなことがあっても説得するから、そこは安心してくれ」

私は唇をかみしめて黙り込んでしまった。お湯の流れる音が妙に大きく聞こえる。

「ただ、付き合ったばかりなのに結婚を迫るのは申し訳ないと」

「……私は、利久斗さんを愛しています。でもご両親が反対するなら、無理に結婚するのはどうなのかなって」

「優しいんだな。そんなことを言われたら、ますます結婚したくなるじゃないか」

長い腕に抱きしめられて至近距離で見つめられる。

「まずはうちの両親に一緒に挨拶してもらいたい。どうだろう」

「わかりました。私も気に入ってもらえるように頑張りたいと思います」

「あぁ、早速日程を調整するから」

私たちはキスを重ねる。

どんなことがあっても彼と夫婦として支え合っていきたい。

私の中で決意がしっかりと決まった瞬間だった。

◆

それから三日後の夜。

日勤の勤務を終えて、そのまま利久斗さんのご両親と夕食を共にすることになった。

いきなり決まったので、緊張しすぎて朝から手が冷たくなっていたが、祖母が出がけに『笑顔を忘れないで、風子らしく過ごしなさい』と言ってくれた言葉が私に勇気をくれた。

更衣室で着替えて、待ち合わせのホテルへ向かう。

悩みに悩んだが、私は彼と結婚する覚悟を決めた。ご両親にどうか認めてもらえるよう、自分らしく頑張ろう。

あらかじめ用意しておいた手土産を持って、緊張しながらホテルのロビーへ入る。

今日は和食レストランが予約されているようで、個室に案内された。テーブル席で、店内には琴の音楽が流れていた。桐生家より先に到着できたようだ。

少し待ったところで扉が開き、私は立ち上がった。

利久斗さんと彼のご両親が入ってくる。お父様の顔を見て、私は息を呑んだ。

間違いなくうちの院長だ。信じていなかったわけじゃないけれど、本当だったのだ。

威厳に満ちた瞳に射貫かれて、心臓が壊れそうなほど速く鼓動を打ち始める。

「こちらがお付き合いさせてもらっている河原風子さんだ。風子、うちの父と母」

「はじめまして。河原風子と申します。こちら、つまらないものですが」

手土産を渡すが、院長は愛想のない顔で席に着く。それをフォローするように、お母様が笑顔で受け取ってくれた。

「わざわざありがとうございます。まずは座りましょうか」

私と利久斗さんが並んで腰かけて、私の目の前にお母様が座り、その隣に院長だ。

食前酒で乾杯をする。味もわからないほど緊張していたが、笑顔だけは絶やさないでおこうと心がけていた。

料理が運ばれてきて食事が始まったが、頭が真っ白で味覚も麻痺してしまい、まるで砂を食べているみたい。この時間から早く解放されたいと思いつつ、一口ずつなるべく品よく見えるように口に運ぶ。

なんとか食事を乗り切り、お茶と最後のデザートを食べながら、主に利久斗さんとお母様、たまに私が交じって世間話をした。

ふいに、利久斗さんが咳払いをした。そして改めて口を開く。

「……実は結婚を考えている」

利久斗さんは、はっきりとした口調でそう言った。すると、院長が鋭い視線を向けてくる。

「河原さんはうちの病院で看護師をしているそうだが、こいつと結婚して将来支えていく覚悟があるのか？」

突然の厳しい質問に私は唾を呑んだ。

「……はい。実はプロポーズしていただいてから、しばらく悩みました。今は、私は利久斗さんを陰ながら支えていきたいと考えております」

まっすぐに視線を逸らさずそう伝えると、院長もしばらくじっと私の目を見ていた。

「息子が幼い頃から、財産目当てに近づく女性が多かった。あなたは違いますか？」

「違います。彼とはこうして医者と看護師として知り合う前にも、過去にお会いしたことがありまして……。母が亡くなったとき、彼は研修医として働いていたんです。私の話を聞いてたくさん慰めてくださいました。再会してしばらくはそのことを忘れていたのですが……」

利久斗さんがしつこいくらいに迫ってくれたおかげで、過去のこと思い出し、彼という人をしっかり見ることができた。そして気がつくと好きになっていたのだ。

「一緒に働くうちに人柄にも惹かれて、最初は私なんて不釣り合いだと思っていたのですが、好きになってしまいました……」

彼のご両親にこんな告白をするなんて、恥ずかしくて頬が熱くて溶けてしまいそうだ。

「私は両親もいなくて、今は祖母と二人暮らしです。こんな私ですが、利久斗さんがプライベートタイムでいつも笑顔を絶やさないような、そんな家庭にしていきたいんです。どうか結婚を認めていただけないでしょうか」

私が深く頭を下げると、利久斗さんはテーブルの下で手を強く握ってくれた。

「俺は風子と夫婦になって幸せになりたい。どうか認めてください」

彼も私の隣で、テーブルにくっつきそうなほど頭を下げる。

「あなた、利久斗が選んだ女性なんですから……信じてあげましょう」

顔を上げるように言われて、姿勢を正す。院長は一つ頷くと、先ほどまでの厳しい表情から一転、優しい顔になった。

「河原さんなら、元気な子供を産んでもらえそうだ。なかなか結婚したいという人を連れてこなかったから心配していたんだが、しっかりとしたお嬢さんだな。こちらこそよろしくお願いします」

認めてもらえたことに安心し、私は今日一番の輝く笑顔を見せられたかもしれない。

「ところで、入籍はいつ頃を考えているんだ？」

「できるだけ早くと思っている」

「家はどうするつもり？」

利久斗さんのお母様が心配そうに質問を重ねてくる。

「将来的には一軒家を建てたいが、風子のおばあさんも一緒に住んでもらおうと思っていて。ただ、手術をしたばかりであまり負担をかけたくないから、しばらくはマンションに住もうかと」

具体的なことまで考えてくれて、私は感謝で胸がいっぱいになった。

「母親の私が言うのもおかしいけど、利久斗はアメリカに行ってから急に痩せて、すごくかっこよくなったでしょう？」

「はい。再会したときは気づきませんでした」

「うふふ。結婚となると、同じ職場なら、なおさら嫉妬の目を向けられるかもしれないわね。だから仕事は辞めて、専業主婦として過ごしたほうがいいと思うの」

多忙な利久斗さんを支えると言ったからには、やはり退職しなければいけないのだろうか。

すぐに退職とは考えていなかったので返事に困ってしまう。

看護師として働いて、ようやくやりがいを見つけてきたところなのに。

「入籍は早めにと私も思っていますが、今すぐ仕事を辞めてしまうと、スタッフ不足で同僚が大変になってしまうんです」

病院の事情をよく知ってる院長が、深く頷く。

「そうだな」

「利久斗さんを支えるためにも、ナースとしてもう少しキャリアをつけたいとも考えていました」

「それはいい考えだ」

院長は納得したように言ってくれる。

「でも、結婚が公《おおやけ》になったら周囲の嫉妬は避けられないと思うから、風子さんが心配だわ。ひとまずは子供ができたときに退職するということで、一部の必要な人にだけ結婚を報告したらいいと思うわ。それまでにスタッフを補充しなきゃね」

「そうしよう」

利久斗さんが頷いた。

「実は母さんも看護師をやっていたんだ」

「そうだったんですね」

「ええ。私の場合ちょっと結婚が遅かったの、主任をやっていて。お父さんと出会って結婚したのよ」

まさか同じような境遇だったとは、予想外だった。

「妻に医療従事者としての経験があるというのは、とてもいいことね」

食事を終えて利久斗さんが家の前まで車で送ってくれる。

そして車の中でダイヤモンドのリングを左手の薬指につけてくれた。プロポーズのときに見せてもらった指輪だ。月明かりに照らされてキラキラと輝いている。

「絶対に幸せにするから」

「こんな私を選んでくれてありがとうございます」

私たちは車の中で永遠の愛を誓うキスをしたのだった。

＊　＊　＊

病院の経営状態が悪いから日本に帰国するように言われ、俺のテンションはダダ下がりだった。

利益を求めて人の命を助けているのではない。そんな反発がどうしても自分の中にあったのだ。

しかし、病院がなくなって困る人はたくさんいる。だから病院を守ろうと帰国を決意した。

帰国を受け入れたとはいえ、父親とは険悪なムードが続いていたので、ホテルでしばらく暮らすことにした。

ただ、この選択が、俺にとって人生で最大の幸福につながるとは予想もしていなかった。

日本に帰ってきて早速酒でも呑もうとバーに入ると、グラスを片手に一人で泣いている女性の姿が目に飛び込んできた。

その彼女はちょっとふくよかで、どこか見覚えがあった。こっそり観察していると、若かりし頃の感情が一気に蘇《よみがえ》ってきた。

研修医だった頃、毎日仕事が大変で、『人の命とはなんだ』とか『どうしてこんな仕事をすることに決めたのだろうか』と自問自答する日々だった。

そんなときに、たまたま入院患者の家族で屋上によく来ていた女子高生と知り合った。彼女も命について考えていたらしく、いつも寂しげな表情を浮かべていた。

屋上で鉢合わせることが多くなって、お互い名乗らないまま言葉を交わした。

当時の俺は、院長の息子だからと、先輩ドクターから変な期待とプレッシャーをかけられていた。そして、その苦しい気持ちを誰にも言えず悶々とする日々を送っていた。

『俺は研修医なんだが、人が亡くなるのを見るのが辛いんだ。こんなんで医者に向いているのかなって、すごく不安になってさ』

つい、そう打ち明けると、彼女は俺を励ましてくれた。

『それって優しい証拠だよ。お医者さんとして長く働いたら、いつか人間の死というものに慣れてしまうかもしれないけど、先生にはそのままでいてほしい。いつまでも慣れないで』

自分の母親が亡くなりそうで辛いときに、笑顔で元気づけてくれるその人柄に胸を打たれた。

辛い毎日だったが、屋上に行けばあの可愛らしい女子校生が癒しを与えてくれる。下心もなく、恋愛感情があったわけでもなかったが、彼女との逢瀬が密かな息抜きだったのだ。

しかし、彼女は突然姿を現さなくなった。

きっと母親が亡くなったのだろう。悲しんでいるのではないか、辛いのに我慢して笑顔を作っているのではないか。屋上に出るたびにそう考える日々だった。

このままきっともう会えない。

そう思っていたある日の夕方。彼女がやってきた。

『しばらくぶりだね』

『うん。お母さんが亡くなって……。もうここには来なくなるから、最後に先生にお礼を言おうと思ったの』

『お礼言われることなんか、なんにもしてない』

『甘いものをいっぱい食べさせてくれてありがとう』

そんなことか。

でもわざわざ律儀にお礼を言いに来るところが彼女らしい。

『あと、看護師になりたいっていう夢ができた。医療従事者の姿を見て胸が打たれたの。もちろん先生もその中の一人だよ』

『そっか、ありがとう。いつか一緒に働ける日が来たらいいいな』

『うん！』

『頑張って』

握手を交わすと、彼女は颯爽と消えていった。

——いつか一緒に働ける日が来たらいい。

きっと彼女も同じ気持ちでいてくれる……そう期待していたのに、ばったり再会した彼女は俺のことをすっかり忘れていた。しかも、ワンナイトラブなどと言い出した。

俺も大人の男だ。下心はなかったはずが、そんなふうに迫られたら忘れていた性欲が疼《うず》き出し、抱いてしまいたいと思った。ベッドの中の風子は、それはそれは可愛くて。

あんなに肌を寄せ合い、間近で見つめ合ったら、俺を思い出すのではないかと期待した。この一度きりで会えなくなるのは嫌だと自分の心が勝手に動き出した。

朝になり、連絡先だけでも交換しようとしたのだが、やはり風子は俺のことを忘れてしまったらしい。

しかし、彼女のバッグから散乱した荷物で勤務先がわかり、これは間違いなく運命だと悟った。慌ててホテルの部屋を出て行く背中をぼんやりと見送りながら、もしかしたら俺の体型が変わりすぎて気づいていないのかもと思いついた。

それにしたって、あれだけ一緒に話をしていたのに、声とか覚えてないものなのだろうか。これから一緒に働くことになるだろうから距離を近づけていきたい。

いざ同じ職場で働き始めて、気になったことがある。

高校生のときは本当に心から笑っていたのに、大人になった彼女は常に作り笑いを浮かべているようだったのだ。

体型のせいで『ぶーこ』と言われ、女性として扱われていないことも原因の一つだろう。女性を体型でしか見ていない、ろくでもない男ばかりが彼女の周りにいた。

さらに大人の女性になった彼女を観察していると、患者に対してはきめ細かな配慮ができるし、記録の残し方も丁寧だ。他の同僚からの信頼も厚く、素晴らしい看護師に成長していた。

もうこれは、なにがなんでも風子を手に入れるしかない。

彼女ははじめの頃は引いていたが、俺の真剣な気持ちが伝わったようで、恋人に、そして妻になってくれようとしている。

ジェットコースターに乗ったようなあっという間の出来事だったが、いよいよ入籍まで漕ぎつけた。俺を受け入れてくれた彼女を心から大切にしたい。

風子は俺が贈ったダイヤモンドリングを左手の薬指につけて、瞳を輝かせている。

ふんわりとしていて、優しくて、いつまでも守ってやりたい気持ちが湧き上がる。

「入籍は早いほうがいい」

「はい。でも焦らなくても……」

「その間に他の男に心を奪われたら困るからな」

「うふふ、利久斗さんったら独占欲全開ですね」

「当たり前だろ。好きで好きでたまらないんだ」

頬を赤く染めて恥ずかしそうにしている姿も可愛くて、今すぐ押し倒したくなってしまう。

結婚して、夫婦として生活するのが楽しみだ。子供もできるだけ早く欲しい。

風子のことを大切に育ててくれたおばあさんにも、彼女の幸せな姿を見てもらいたい。

「祖母にもマンションで同居すること、聞いてみますね」

「あぁ。もしかしたら一緒に暮らすのは気まずいと言われるかもしれないな」

「もしそうなったとしても、うちと利久斗さんのマンションは近いから……。うーん、でも、なにかあったときにはすぐに飛んで行きたいですね」

「それなら、同じマンション内に別の部屋を借りてもいい」

「そこまで考えてくれるなんて……ありがとう。本当に大好き、利久斗さん」

珍しく風子のほうから頬にキスをしてくれた。

「次の日曜日、入籍しよう」

「え、そ、そんな早くにですか？」

「あぁ」

俺の焦りは筒抜けかもしれない。その理由はあるのだが、なによりも、一刻も早く公的に風子を妻という立場にしたい。

「うん、じゃあ」

風子が車を降りて手を振る。少しも離れたくなくて仕方がないが、俺は自宅に戻ることにした。

＊　＊　＊

「ついに決まったんだね！　本当におめでとう」

「結婚式はまだしばらくあとになると思うけど……。それで、本当に急なんだけど、来週の日曜日に入籍しようって言われて……」

「桐生先生だったら大賛成だよ」

「おばあちゃんも一緒に住もうって言ってくれてるんだけど」

そう切り出すと、キラキラと明るかった祖母の顔が急に曇る。

「新婚さんの家に居候なんてお断りよ」

「そんなこと言わないで。利久斗さんは大歓迎だと言ってくれてるし」

「そこまで考えてくれるのはありがたいけど、私が気を遣って病気になってしまうわ」

たしかに逆の立場だったらそうかもしれない。

「おばあちゃんの体調が安定したら、大きな一軒家を建てて、そこで一緒に住もうって言ってくれてるの」

「お部屋を与えてくれるなら……。でも家はすぐに建つわけじゃないし」

「同じマンションの違う部屋を借りてくれるみたいだから、そこで住むのはどう？」

祖母は腕を組み、少し考えるように宙を見上げる。

病気をしてしまった祖母を一人で置いていくことは絶対にできない。

「迷惑かけて申し訳ないね。じゃあ……気は引けるけど、違う部屋に住もうかな」

そう受け入れてくれて、私は一安心した。

いきなり残り数日間になった独身生活だが、利久斗さんと夫婦として過ごすことのほうが楽しみで、早く時間が過ぎてほしいと願うばかり。

祖母との話がまとまったことを連絡すると、利久斗さんからすぐに返信があった。

『次の日曜日に入籍することを両親が認めてくれた。善は急げだ』

少しだけせっかちなところがあるのかなと思ったけれど、喜ばしいことなのでなにも反対はしなかった。

そして妊娠するまでは、必要な管理者と真由香以外、職場の誰にも言わないということになった。

せっかくもらった婚約指環だが、誰かに疑われても困るので、大切にしまっておこう。

翌日、仕事が終わったあと、真由香に結婚の報告をするために少し時間をもらえないかと誘った。

仕事を終えて更衣室への階段を下りていると、本田先生に出くわした。

「お疲れ様」

「お疲れ様です」

あんなにこの人のことが好きだったのに、今はなんとも思わない。むしろ振られたおかげでこんなに大きな幸せが待っていたのだ。

「最近一緒に食事に行ってないな」

「そうですね」

今までタメ口だったのに、距離を置きたいという気持ちから敬語になってしまった。

「どうして急に敬語なの？」

恋人がいて結婚もするから男の人と二人きりでは食事したくないです、とも言えず。黙り込んでしまった。

誤魔化すように微妙な笑顔を浮かべて頭をかしげる。

「なんでかな」

「なんかちょっと痩せた？」

「え！」

嬉しくて、テンションが上がってしまう。

実はダイエットを頑張っていたのだ。とはいっても、利久斗さんが美味しいものを食べさせてくれるからなかなか体重は減らないけれど。

「もしかして、もう好きな人ができたとか？」

私は素直に頷いてしまった。

「俺のこと好きだったんじゃないの？」

「本田先生のことは男性として好きだったわけじゃないもの。友達として……」

「マジかよ」

そうつぶやいた彼に軽く頭を下げて、隣をすり抜ける。

ぽかんと呆気に取られた顔をしていて、なんだかちょっと気持ちがよかった。

第四章　少しでも綺麗になっていたい

土曜日になり、私と祖母は慌てて明日の引っ越しに向けて準備をしていた。ほとんど業者に頼むことになっていたが、細かいものは自分たちで片付けている。

しばらくの間はマンションで暮らして、ゆっくりと一軒家を建てる予定だ。

完成するまで、同じマンションの違う部屋に住むことになった祖母とは一緒に暮らせないので、少し寂しい気持ちになる。

部屋が段ボールだらけなので、近所のスーパーでお弁当を買って二人で食べる。

「私が生きているうちに結婚してくれて、本当に安心したわ」

「今まで本当にお世話になりました」

「私はなにもしてあげられてないわよ？」

顔を皺《しわ》くちゃにしてにっこり笑ってくれる。

「でも、これからもそばで暮らせるから心配してない。いつでも会いに行くし」

「旦那さんのことを優先して考えてあげるんだよ」

明日婚姻届を提出したら利久斗さんと晴れて夫婦になるが、まだ実感はない。

一緒に暮らし、新しい人生が始まる。

想像できないけれど、選んだ道はきっと間違いではないと自分に言い聞かせていた。

祖母と最後の夜をゆっくりと過ごしたのだった。


目が覚めてカーテンを開くといい天気。引っ越し日和だ。

パンを食べて一息ついたところで業者がやってきて、そう離れてもいないので、あっという間に荷物が運び終わった。

利久斗さんは3ＬＤＫの部屋を借りていて、リビングが三十畳もある広々とした場所だ。

今は必要最低限の家具しか置いていないので、これから暮らしていく上で好きなものを揃えていけばいいと言っていた。

祖母は一人暮らしには広すぎるくらいだと言いながらも喜んでいて、これからのんびりと片付けをすると言う。

利久斗さんと、私にとっては新しい我が家で、二人きり。

婚姻届には祖母も署名してくれて、あとは私が書くだけの状態になっている。

婚姻届にサインをしたら、早速役所に提出に行く予定だ。緊張しながら自分の名前を書く。今までの人生で一番手が震えていたかもしれない。

「書けました」

「完璧だ。それじゃあ、提出しに行こうか」

「はい」

利久斗さんと車で最寄りの役所へ向かう。日曜日なのでほとんど人がおらず、すぐに手続きしてもらえた。

「こちらで受理いたしました」

たった紙切れ一枚なのに、私は河原風子から桐生風子になった。

病院では旧姓のまま働き、しばらくは結婚を秘密にしなければいけないので、表向きは今までの生活とほとんど変わらないかもしれない。

ただ、利久斗さんと一緒に生活することになって、ちゃんとリズムをつかめるか、心配である。

けれど私たちは今日から夫婦一年生。力まないように、二人なりの生活パターンを作っていければいい。

手をつないで歩く利久斗さんの横顔は、喜びが漲《みなぎ》っている。はしゃぐ子供のような顔だった。

「夫婦になったんだな」

「はい。ふつつかものですが、よろしくお願いします」

「こちらこそ、よろしく。幸せになろうな」

私は彼の言葉に大きく頷いた。

部屋に帰ってきて、私の細々とした荷物を開ける。利久斗さんは私の手元を覗き込んでいた。

「手伝うことはないか？」

「大丈夫ですよ」

「手を動かしながらでいいから聞いてくれ。今後の話をしたいと思う」

「はい」

「同じ部屋で眠りたいんだが、それは構わないか？」

「はい」

素敵な彼と毎日一緒に眠れるのだと思うと、それだけで大きなご褒美をもらえたような気分だ。

「食事はなるべく一緒にしたいが、お互い仕事が不規則だから、臨機応変にしたい」

「わかりました。なるべく健康的な食事をしていただきたいので、キッチンを自由に使ってもいいですか？」

「ここはもう風子の家なんだから気を遣わないでくれ。遠慮せずになんでも言っていいから。必要なものがあったら購入するし、風子が使いやすいようにしてくれ」

「ありがとうございます。利久斗さんも、遠慮なくなんでも言ってください。少しでも生活しやすいようにサポートできたらと思っています」

これから楽しい新婚生活が始まる。想像するだけで、期待で胸がいっぱいになった。

片付けが終わり、今日の夕食をどうしようか相談して、私が簡単に作ることになった。特別な日だから外食しようかという話も出たけど、愛する人と家でゆっくり食事をしたい。

買い出しに行って冷しゃぶサラダと味噌汁とご飯を用意し、テーブルに着いて手を合わせた。

「いただきます」

美味しそうに食べてくれる姿に想像を膨らませる。この先は毎日こうして顔を合わせることができるのだ。

「理事長に結婚することを伝えたら喜んでいた。今度ゆっくり紹介する。来年の春頃には退職できるように、人員を補充していこうと理事長が言ってくた」

「そうなんですね。残りの期間、しっかり学んで頑張ります」

食事を終えると彼は積極的に片付けを手伝ってくれた。

これから一緒に眠るのだ。愛する人との初夜……と考えるだけで、落ち着かない。

「先にお風呂、どうぞ」

「ありがとう」

利久斗さんが入浴している間に、余ったご飯を保存容器に入れておく。

キッチンで片付けをしていると、上半身裸の利久斗さんが首にタオルをかけて頭を拭きながら戻ってきた。

突然の肉体美が視界に飛び込んできて目を逸らしてしまう。今日は結婚初夜なのだ。甘いことを期待してしまっても……いいのだろうか。

「風子もゆっくりお風呂に入っておいで」

「は、はい」

しかし、水を止めたところで、利久斗さんのスマートフォンに着信が入った。表情が変わり、彼が慌てて応答する。

「ああ、わかった。今すぐ行く」

電話を切ると眉根を寄せてこちらに視線を向ける。

「申し訳ない。体調の悪くなった患者がいるから様子を見てくる。遅くなるかもしれないから先に寝ていてくれ」

「行ってらっしゃい。気をつけて」

「結婚して初めての夜だったんだが……お預けだな」

彼は残念そうな顔をして、私の頬にキスをして着替えに向かう。すぐに部屋から出てきて、急いで病院へ出かけていった。

新婚初夜なのに、やたらと広い空間にぽつんと一人ぼっちになってしまった。でも、医者と結婚するとはこういうことなのだ。私も医療従事者として理解している。

せめてプライベートタイムが充実したものになるよう、彼を支えていきたいと決意を新たにした。

◆

目が覚めると彼の腕の中だった。

結婚してから初めての二人揃っての休日。

隣にいるのが不思議で、こういう何気ない瞬間に夫婦になったのだなと感じる。

こっそり利久斗さんの寝顔を見つめていると、彼が目を覚ました。

「おはよう」

「おはようございます」

彼の匂いに包まれてすごく幸せ。

「今日はどうしようか？」

「買い出しに行きたいです。あと、耐熱容器をもう少し購入しておきたいのですが」

「あぁ、一緒に行こう」

着替えを済ませて、今日はカフェでブランチをすることにした。

午前中は空気が澄んでいて、気持ちがいい。

カフェおすすめのベーコンエッグトーストとコーヒーを注文する。小さなテーブルに二人で向かい合って食べた。

食事後は、自宅から離れた雑貨屋さんに行く。なるべく知り合いに会わないように、少し遠くで買い物をするのだ。

耐熱容器を購入し、スーパーで食材を仕入れる。お互いに平日休日問わず仕事があるので、こういう日にできるだけまとめて購入することにしていた。

並んで歩いていると相変わらず女性からの視線を感じるが、似合っているとか似合っていないとか、周りの人の感想は気にしないようにしている。

彼が私を大切に想ってくれるから、私も自分を大事にしようと考えられるようになってきたのだ。

「まだ時間があるから少し散歩しよう」

「そうですね」

少し歩くと小さな公園があって、家族連れがピクニックを楽しんでいたり、静かに読書をしていたり、穏やかな空間になっている。

私たちも日陰になっているベンチに腰かけて、ペットボトルのドリンクを飲んだ。

「冷たくて美味しい」

「あぁ、たまらないな」

まだ新婚ホヤホヤだけど、小さな子供を連れて歩いている人を見ると、ついつい家族が増えた未来を想像して温かい気持ちになる。

「二人きりもいいけど、子供もいたら楽しそうだ」

「ええ」

利久斗さんも同じことを考えていたのだ。

「きっと、いいパパになりますね」

「風子も、いい母親になるだろう」

彼の視線は真夏の太陽よりも熱かった。

家に戻り、ゆっくり映画鑑賞することに。部屋の中はクーラーが効いていて涼しい。

病院が舞台の映画でいろいろツッコミどころはあったけど、彼に寄り添ってのんびり時間を過ごすことができた。

映画が終わってテレビを消すと部屋の中が静まり返る。窓からは夕日が差し込んで、ロマンチックな空間を作り出していた。

突然、利久斗さんが真剣な目をして顔を近づけてくる。

「り……利久斗さん……」

「風子、可愛いな」

「えっ……」

「今すぐに食べたくなってしまう」

彼の親指が私の下唇に触れた。ドキドキしすぎて耳の奥で心臓の音が聞こえる。

そのままキスされ、彼の柔らかい唇の感触に頭が呆然としてきた。

「んっ……これからご飯準備しなきゃ」

「そうだな。わかってるんだけど、風子があまりにも可愛くて」

歯の浮くようなセリフに頬が熱くなる。

「俺の奥さんになってくれたんだな。今、急に嬉しさがこみ上げてきた」

そしてまた口づけを落とす。そのままゆっくりとソファに押し倒されてしまった。

彼が求めてくれるなら私はすべてを差し出したくなる。

慈愛に満ちた視線を向けられ、幸福感で満たされた。

「これからもずっと幸せに暮らしていこう」

「はい」

背中に手を回して抱きしめ合う。夫婦になってから、さらに彼の愛情が大きくなっていく気がしていた。

◆

私と利久斗さんの関係は職場の誰にも知られず、独身時代と変わらない、いつも通りの日々。

けれど、先輩看護師からはなぜか嫌味を言われることがある。

「桐生先生って、河原さんを擁護することが多いわよね」

夜勤をしているとき、そんなことを言われて困ってしまった。

擁護してるとかそんなつもりはないはずだ。仕事にプライベートは持ち込まない人だから。

ただ、もしかしたら、親密な関係性や空気感が滲《にじ》み出てしまっているのかもしれない。

隠しながら勤務するのは心苦しい。早くスタッフが増えてくれたらと願う毎日だった。


八月になり、うちの病棟に新しい看護師がやってきた。

「谷岡礼華《れいか》です」

今年の四月に看護師になったばかりの二十二歳。それなのに異動とは、多少なりとも問題児なのだろう。

外見はちょっと派手。髪の色が明るくて、メイクもしっかりめのギャルという感じ。

「河原さん、病棟のことを教えてあげてもらえますか？」

「は、はい」

看護師長に言われて私は驚いて返事をした。

なんと、私が教育係に任命されてしまったのだ。

どうやら彼女は、以前入院していた谷岡さんという患者さんのお孫さんらしい。谷岡さんというのは、桐生先生がうちに赴任してきてすぐに転院してきた女性の患者さんだ。

朝のカンファレンスが終わると、私は看護師長に手招きされた。

「谷岡さんのことよろしくね」

「わかりました」

「ここだけの話なんだけど、彼女ちょっと問題児みたいなの。四月に配属された小児科でハチャメチャなことをして、追い出されるように内科に移ったんだけど、そこでもミス連発。だけど辞めないらしくて……。入院されてた谷岡さん——礼華さんのおばあ様が、河原さんを推薦したみたいなの」

「そうだったんですか」

谷岡さんは資産家で、うちの病院にも多額の寄付をしてくれているらしく……

気に入ってもらえたことはありがたいけど、とても重大な問題を任されたような気がする。とにかく、立派な看護師として働いてもらえるように尽力していくしかない。

ナースステーションに戻った私は、あからさまにやる気のない表情をした谷岡さんに近づく。

「河原と申します。これからよろしくお願いします」

「あ、お願いしまぁす」

まずは担当の患者さんのことを覚えてもらおうと、カルテを見せて説明し、部屋を回る。

「体調はいかがですか？」

年配の女性の患者さんだ。人当たりがよくてとても話しやすい。

「今日からこちらの病棟に配属された谷岡看護師です」

「谷岡です」

笑顔を見せることもなく、ただただ私の後ろをついてくるだけ。なんだか不安な滑り出しだ。

休憩時間になったので、一緒にランチをすることにした。

「谷岡さんは、看護師を目指すきっかけってあったの？」

「母が看護師なので、私も看護師になりなさいって父に言われて。別になりたかったわけじゃないんですけど」

「え？」

予想外の言葉に目を丸くする。親に言われたとしても、そう簡単に看護師にはなれないはずだ。私はかなり努力して試験に合格した。彼女にも彼女なりの苦労があっただろう。

「クビにしてくれたらそれでいいと思うんですけど。おばあちゃんが寄付してるみたいで、切れないんでしょうね。父がいなくなったら速攻で辞めるので、私のことは気にしないでください」

そう話す彼女はあまりにも無気力で、私は言葉を失ってしまった。

人の命を預かる仕事なんだよと咎《とが》めるべきなのか。でもそれが逆効果になってしまうのか……わからない。

「お父様はまだまだ長生きされるかもしれないでしょう？」

「あの人には逆らえないので。仕方なくやるしかないですよね」

こんなにやる気のない人をどうやって一人前の看護師に育てたらいいのだろうか。私の悩みは深くなりそうだった。

ナースステーションに戻ってくると、先輩ナースが私の前に古い書類を置いた。

「ふーこちゃん、悪いけどこれ、シュレッダーしといてくれる」

「は、はい」

他にも手が空いている人はいるのに、なぜ私に頼んでくるのだろう。そうは思ったが、反発しないで素直に受け取る。

結構な量で時間がかかっていると、ナースステーションの電話が鳴った。緊急で患者さんが入院してくるとのことで、急いでカルテを作り、迎えに行かなければならない。

「ふーこちゃんお迎えに行ってきてくれる？　カルテは作っておくから」

看護師は仕事を分担して担う。同じ病棟で働く者たちはチームワークが大切になる。命の現場なので、イレギュラーなことが起こり得るからだ。

私は入院患者を迎えに行き、的確に処置を施すドクターのサポートをする。人によっては緊急手術になることもある。

今回の患者さんは処置だけで済み、入院して様子を見ることになった。

ナースステーションに戻ってくると、日勤の終業時間を過ぎていた。

「カルテの作成、ありがとうございます」

「ごめん、まだやってなくて……予定があるから失礼するわ」

他の人たちも、自分には関係ないといったような顔で帰ってしまった。それから今日やっておかなければならない最低限のことをやり終えると、夜の九時を回っていた。

次の日も、その次の日もだ。

明らかに他にも手が空いている人がいるのに、私だけ集中攻撃されているような気がする。しかしあまり考えないようにしようと、とりあえず体を動かす。

毎日、残業になる。日中やらなきゃいけないことがあるのに、入院対応を頼まれて自分の業務が手につかないのだ。

ひどいときは、夜勤シフトなのに、日中の仕事でわざわざ私に引き継ぎがあったこともあった。

看護師長は少し心配そうにはしているが具体的に動いてくれない。

自分なりに考えてできる限りスムーズに業務を行った。

業務過多な上に、新人の面倒を見る必要もある。自分の許容範囲を超えているように思えて爆発しそうになるが、患者さんの前では笑顔を作るように心がけていた。

(病気のことで悩んで苦しんでいるんだもん。自分のことより、患者さんが安心できるような空間を作らなきゃ)

引き続きダイエットにも励んでいる。ただ、食事制限と過労のせいか、少しくたびれてきた感じもあった。

今日は日勤。

更衣室で白衣に着替える。鏡に映った顔には目の下にクマができていた。ファンデーションを塗り直して、顔色がよく見えるようにする。

病棟に移動し、ナースステーションに入った。

「おはようございます」

業務開始までの間に自分のできることを準備しておき、八時半になった。カンファレンスが始まる時間だ。ところが谷岡さんは出勤してきていない。

「今日、谷岡さんって出勤ですよね？」

私が確認すると、シフトをチェックした先輩が頷いた。

「ええ、どうしたのかしら」

「電話してみますね」

ナースステーションの電話から彼女の携帯電話にかける。……応答しない。受話器を置いて頭を左右に振ると、周りの人たちは困惑した表情を浮かべた。

「まさか事故に遭ったわけじゃないですよね……」

私は悪い想像をしてつい不安になってしまう。

「ご家族に連絡しておきます」

看護師長が言い、私たちは業務を開始した。

その後、家族と連絡が取れたらしく、慌てて外に出ていく姿を見たとのこと。彼女が出勤してきたのは一時間半遅刻の十時だった。

「お疲れ様です」

私はすぐに近づいて、なにがあったのか問いただす。

「今日の出勤は八時半までですよ。事故にでも遭ったのかと心配したんですから」

「寝坊しちゃったんです。スマホ、家に置いてきちゃって最悪でした」

看護師としてどうというより、社会人としての自覚がなさすぎるが、私はどう窘《たしな》めようかと黙って彼女を見つめた。

このやり取りを見ていた看護師長が、強ばった表情で近づいてきた。さすがに看過できなかったらしい。

「必要な勤務体制というのがシフトで決まっているんです。遅刻するなら遅刻する、休むなら休むで、連絡をください」

「ですから、スマホを置いてきちゃったんですぅ」

頬を膨らませて悪気がないような言い方をしながら、谷岡さんはムッとした表情でナースステーションを出て行ってしまった。

「本当は、私は中山さんに教育係をお願いしたかったのよ」

看護師長がため息交じりに言った。中山さんは眼鏡の似合う先輩ナースだ。

近くに中山さんと私、その他にも数名のスタッフがいて、この会話は聞こえているだろう。

「どういうことですか？」

「谷岡さんは、多額の寄付してくださっている方のお孫さんだったから。河原さんは、その方の推薦なのよ」

周りの人にそう説明している。私はこの場に居づらくなって身を小さくした。

「河原さんは少し優しすぎると思うわ。もっと厳しくしないと」

「申し訳ございません」

「よろしく頼みますよ」

落ち込むが、沈んでいても仕方ない。

私はもっと頑張らなければいけないと、なんとか気持ちを奮い立たせた。


それからも、谷岡さんの問題行動は続いた。

患者さんの食事の量を記録しなければいけないのにチェックせずに下げたり、めまいを起こしている患者さんを支えて歩いているときに、他のことに気を取られて転ばせてしまったり。

そのたびに教育係の私は一緒に謝る。

一人で対応するのに限界を感じて、先輩に助けを求めたこともあった。

「すみません。入院計画書の作成を手伝っていただけますか」

「私も忙しいからごめん」

私はそう断られたが、その数分後、同じ先輩が他の看護師に声をかけるのも見た。

「私、手が空いてるから手伝ってあげるわ」

「ありがとうございますー。助かりまーす」

どうして冷たくされるのかわからない。でも考えている余裕はないので、手を動かすしかなかった。

仕事が終わり、他の用事で残っていた看護師長に声をかけた。

「お疲れ様です」

「ちょっとこちらへ」

すると他の人がいないところに連れて行かれ、二人きりになる。

「実は、このところ雰囲気が悪くて悩んでいたの。他のスタッフが河原さんに嫉妬して、仕事を押しつけているのを見ていたから、心苦しかったのよ」

彼女も職場の環境が劣悪なものになっていることには気づいていたようだ。でも、なにから手をつけていいのかわからなかったらしい。

「嫉妬……ですか？」

「ええ。河原さんが桐生先生に気に入られてるという噂でもちきりなの。それで先輩ナースたちが嫉妬してしまって。あなたの明るく優しいところまで、羨ましがる人も出てきてしまって……。私が軽減してあげられればいいんだけど」

そんなことで、私の仕事の負担は増えていたのだ。

愕然《がくぜん》とする気持ちと、これからどうすればいいのかわからない気持ちとで、頭の中がごちゃごちゃになってくる。

「今までにもこういうことは何度もあったわ。ドクターに好かれたナースが嫌がらせを受けるとか……。だから、この前、わざとみんなの前で咎《とが》めたのよ。効果はあまりなかったみたいだけど」

「なるほど……そうだったんですね」

「気にしないようにしてね。業務改善もできるように私なりに考えてみるわ」

「ありがとうございます」

看護師長との話を終えて、帰宅した。体も心も疲れ果てている。

残業が続いていて、新婚気分を味わうどころではない。

利久斗さんは休みの日も急患で呼び出されたり、私の夜勤と彼の当直がぶつかって同じ布団で眠れない日が続いたり、ふとした瞬間に、もう少し一緒に過ごしたいなと思うことがあった。

でもそれを覚悟して結婚したのだから、文句を言ってはいけない。

一人で眠っていると、ふいにベッドが沈む。利久斗さんが帰ってきたのだ。

私は起き上がって、ベッドのランプをつけて彼に笑みを向けた。

「おかえりなさい」

「起こしてしまったな」

時計を見ると深夜一時を過ぎたところだった。

「遅くまでお疲れ様です」

「風子……」

長い腕が私を抱きしめる。

「あぁ、疲れた」

私も彼の背中に手を回して、愛情たっぷりに抱き返した。

「お疲れ様でした」

「風子が家で待っていてくれると思うと頑張れるんだ。本当にありがとう」

まさかそんなことを言ってくれるなんて。頬が熱くなる。私は彼のためになにかできているんだろうか。仕事でうまくいっていないせいか、このところ自問自答ばかりしていた。

「タイミングが合わなくて、なかなかゆっくり話せなくてごめん」

「覚悟していましたから、平気です。少し寂しいですが、キャリアのために頑張っているので、安心してください」

「あぁ。風子が仕事を辞めて家庭に入ったら、もう少し二人の時間が取れるだろう。人員不足なのも考えてくれてありがとな」

「いえ」

「新人の教育を任されているんだって？　少し問題のあるお嬢さんだと聞いたが」

「そうですね……」

私は苦笑いする。

「彼女を立派な看護師にしたいと意気込んでいます」

「風子なら、きっと大丈夫だ」

なぜか利久斗さんに言われたら大丈夫な気がして、私は頷いた。

悩みは多いが、利久斗さんには心配をかけたくない。私は元気なふりをして満面の笑みを浮かべた。


朝になり、そんなに距離はないけれど、途中まで車で一緒に通勤する。病院まで同乗すると誰かに見られてしまうかもしれない。

いつまでも隠すのは大変だが、もう少し病院で働くので、やはり隠しておくのがベストだ。人がいないことを確認し、私だけ車を降りて残りの道を歩く。

(今日も一日頑張ろう)

谷岡さんが休みだったので、真由香と久しぶりにゆっくりとランチに行くことができた。

とはいっても、私はダイエットのためにコンビニで購入したサラダとスープだけ。

「それしか食べないの?」

「ちょっとダイエット頑張ろうと思って」

「急激にやったら危ないよ」

先輩ナースたちに嫌がらせされているときでも、真由香は友人関係を続けてくれている。本当に性格のいい人だ。

「新人ちゃん、めちゃくちゃ大変でしょう」

「そうだね……。なかなか心を開いてくれないし」

「それに先輩たち……意地悪だよね」

「……気のせいかなって考えるようにしてる」

「風子に負担をかけるのはちょっと違うと思う」

「うーん。なんでも引き受けちゃう私も悪いのかもしれないけどね」

「できるだけサポートするから。風子、負けちゃいかんよ！」

目の前でガッツポーズを作って応援してくれる。

一人でもこうして味方になってくれる人がいることが本当に心強い。

「真由香、ありがとね」

「なによ、改まって」

いつでもどんなときも明るく接してくれるのが救いだった。

ランチを終えた私たちはお手洗いで軽くメイクを直す。そこに、医療事務秘書チームの綺麗なお姉様三人組が入ってきた。

「桐生ドクターが結婚したのって超残念なんですけど」

その言葉に私も真由香もドキッとして鏡越しに目を合わせた。

「その情報、本当なの？」

「だって、理事長と院長が話しているのを聞いたから、確実な情報だと思う」

私が目の前にいるのにこんな話をするということは、相手の素性はまだ知られていないようだ。

「それで相手は誰なの？」

「理事長が院長に『普通の女の子と結婚させてよかったのか？』って問い詰めてたのよ」

「えー、院長の息子なのにいいところのお嬢さんじゃないの？　それは意外だわ」

「院長は『とにかく早く結婚しろって言ったから、もしかしたら誰でもよかったのかもしれないな』とも言ってた」

「愛のない結婚ってこと？」

「そうかもしれないわね」

頭を雷に撃たれたかのような強い衝撃が走った。

（結婚を迫られて……誰でもよかったってこと？）

あんなに私を大切にしてくれていると感じるのに。

信じたくない気持ちもあったけど、なぜ私なのかと言われたら説明できない。

彼女たちの言うような『いいところのお嬢さん』ではなく、ごく普通の家庭に生まれたし、飛び抜けたスタイルと容姿だったらまだしも……

メイクを直したお姉様三人組が先にトイレを出て行き、また私と真由香の二人きりになった。

「噂は嘘だから」

励ましてくれる彼女に私は頷く。

「……うん」

平凡かもしれないが、彼が選んだのは私なのだ。その事実に自信を持つしかない。

明るい気持ちで頑張ろうとしたが、業務のことや谷岡さんのことなどがあり、心のキャパシティが限界を迎えていた。

そのせいなのかわからないが、マイナス思考に向かってしまう。しかしいつまでも落ち込んでいられない。

彼の隣に立って少しでも恥ずかしくないように、より一層ダイエットに力を入れよう。

◆

業務の負担が多くなってから二週間が過ぎていた。体力にはまだまだ自信はあるが、今後もし自分以外の人が標的となってしまった場合、こんな環境は絶対によくない。

対応策がないか、考えている。

今日は二人の患者の緊急入院があった。患者さんごとに看護計画を作らなければならない。大抵は一人ですべてを担当することはないのだが……

いつの間にか、私が出勤しているときは全部仕事を回されるようになってしまったのだ。

「お先に失礼します」と日勤者が帰る中、私は残業。

「すみません。このままだと終わらないので少しだけお手伝いを……」

「先輩に向かって残業を強要する気？」

声をかけてみたものの、冷たい視線を向けられ、それ以上なにも言えなくなってしまった。

ナースステーションに残っていると、患者さんに声をかけられて手を止めることになり、書類作成がなかなか進まない。

（今日は、夕食を作ってあげられないや……）

仕事をしばらく続けると決めたのは自分だが、きつい。でも、今人員が減ったら、迷惑をかけてしまう。

いずれ、利久斗さんと結婚したことが公《おおやけ》になる日が来るのだ。『あの役に立たない河原では不釣り合いだ』などとは言われたくない。できる限り踏ん張るしかない。

急な血液検査や入院などがあるときは、手が空いている人が早急に手配する決まりになっている。

ただ、だからこそ、今の私のように特定の一人の負担につながってしまう。

シフトごとに部屋担当は決まっているが、イレギュラーなことが起きたときの対処法をマニュアルとして作っておくべきだ。そうすれば、平等な仕事ができる。

自分で提案書を作って改善を求めていくしかない。

看護計画を作成し、仕事が終わったのは夜の八時を過ぎた頃だった。提案書は帰宅してから作ろう。

利久斗さんから連絡が入って、帰りが遅くなるという。帰宅して提案書を作っていると、利久斗さんが帰ってきた。

「おかえりなさい」

「ただいま」

「ご飯食べました？」

「あぁ、適当に済ませた」

私の顔を心配そうに覗き込んでくる。

「顔色が悪いようだが、仕事をしていたのか？」

ちらりとノートパソコンに視線が向く。内容を見られないようにそっと閉じた。

「いえ、ちょっと調べものをしていました。お茶でも用意しますね」

立ち上がろうとした私の肩に利久斗さんが手を添えて制される。

「無理しないでくれ。俺がやるから。風子は食事を済ませたか？」

食べていないけれど食欲がない。ダイエットにもなるから、夕ご飯は抜くことにした。

「大丈夫。もう少しやったら寝るね」

利久斗さんは心配しているようだったが、私を一人にしてくれた。

取りかかってから数日後、提案書が完成した。タイミングを見計らって看護師長に提出しよう。

相変わらず私の業務負担は大きい。あとに続く人のためにも早く提案したい。

ナースステーションで点滴の用意をしていると、私がいることに気づかなかったのか、先輩ナースたちが話を始めた。

「ふーこちゃんってぽっちゃりしているから、お年寄りから可愛いと思われるのかしらね。担当変えてほしいとか言われてムッとしたわ」

「それは腹立つね。桐生先生もすごく大切にしてるし」

「わかるー」

「ぽっちゃりが好きなのかもよ」

「努力もしないで、なんかずるーい。やっぱり腹立つからもっと仕事振っちゃお」

「そうだね」

白衣の天使と言われる人たちの発言とは思えなかった。やはりこうやって示し合わせて私に仕事を振っていたのだとわかって、体から力が抜けていくような気がした。

看護師長にも言われたけれど、男性絡みの嫉妬って本当にあるのだ。

しかも……谷岡さんが今の話を一緒に聞いていたことに、深いショックを受ける。

「女の嫉妬って怖いですね」

「……そうだね。さ、点滴行こう」

「はぁーい」

だるそうに返事をして、谷岡さんがついてくる。

病室に着き、患者さんに声をかけた。いつも血管の出にくい人なので、あらかじめ腕を温めておいたのだ。

「では、ちょっと腕を見せてくださいね」

腕をさすり、指先で血管の位置を探す。

少し深いところにあったが、点滴に耐えられそうな血管なのでここに刺すことにした。

「少しチクッとしますよ」

一発で成功して、患者さんはほっとしたようだった。

「河原さんにやってもらえて本当によかったわ。お礼にチョコレートをあげたいぐらい。いつも本当にありがとう」

「うふふ、ありがとうございます。でも患者さんからはいただけないことになってるんです」

「あら、残念」

「気持ちだけ、もらっておきますね」

会話をすると患者さんの表情が柔らかなものに変わる。心のケアをするのも私たちの仕事だ。

谷岡さんと廊下に出て、ナースステーションに戻るために歩いていた。

「河原さんって優しいですよね。だから人に好かれるんですよ。そのせいで嫉妬もされちゃう。でも、河原さんみたいな看護師が増えたら、患者は安心できるんじゃないかなって」

笑顔もなくぶっきらぼうな話し方だけれど、そんなふうに言ってくれて胸がジンとした。

「ありがとう、谷岡さん。谷岡さんはどんな看護師になりたい？」

「……とりあえず、採血の失敗をしないことっていうのは、ありましたけど。ありがとうって言われる人になりたいですね」

いつもと違って想いのこもった返事に、思わず立ち止まって彼女の目を見ると、少し輝いているように見えた。

「先輩たちの言葉、あまり気にすることないと思いますよ。人の体型をあーだこーだ言うなんて、人間としてどうかと」

彼女の発言に私はハッとした。

気にすることないと言ってくれたのが妙に嬉しくて、満面の笑みを浮かべる。

「嫌味を言われているのに笑顔を作れるって、相当心臓強いんじゃないですか？」

「そうかな？　脳天気なだけかも？」

「この三週間そばで見させてもらって、河原さんは尊敬できる人だなって思いました。私ももう一度しっかり学び直して、あなたみたいな看護師になりたいです」

心臓にものすごい衝撃が走るほどの喜びが突き刺さってきた。

初めて谷岡さんは優しい笑顔を浮かべたのだ。

その日、仕事を終えて看護師長に話をしようと近づく。

周りの看護師たちが興味津々に見てきたけれど、谷岡さんが言ってくれた通り気にしない。

打ち合わせのための個室に入って、作成した書類を見せる。

「毎日担当する部屋は決まっていますが、イレギュラーなケースが起きた際は適当に声をかけ合って仕事を進めています。しかし、先輩が特定の後輩に集中的に頼んでしまったり、自分が声をかけづらい人には言えなかったりしますよね」

「たしかにそうね」

「なので、イレギュラーなケースも担当表を作るべきだと考えました」

看護師長が興味深そうに書類を見つめる。

「もちろんこの通りにはいかないこともあると思います。そのために風通しをよくして、お互いに協力できる体制を作っていくべきだと考えていますが、まずは担当表という考え方はいかがでしょうか？」

私の提案に、看護師長が頷いてくれる。

「いい考えね。正直、河原さんがここまでしてくれるとは予想もしていなかったわ。検討させてもらいます」

「よろしくお願いします」

「これで、河原さんへの嫉妬も薄らいでいけばいいのだけど……」

そう言って、看護師長は心配げな表情を浮かべた。

彼女の言葉に、まだ辛い日々が続くかもしれないと暗い気分になってくる。業務環境が改善して、仕事だけでも分散されたらと願うばかりだ。

打ち合わせスペースから出ると、ふいにめまいに襲われて目を閉じた。

こめかみを押さえて耐えていたが、立っていることが辛くなり、大きな音を立てて倒れてしまった。

◆

まぶたを開くと真っ白な空間にいた。

先ほどまで看護師長と話をしていたはずなのに、どうなってしまったのだろう。

「大丈夫か？」

ぼんやりと瞬きをする私の顔を覗き込んできたのは、本田先生だった。

「本田先生……」

「無理していたんじゃないのか？　おそらく過労だと思う。栄養失調もだ。無理にダイエットしてたのか？　点滴をして安静にしていればすぐによくなる」

「ありがとうございます……」

自分では気がつかなかったけれど、かなり無理をしていたのかもしれない。

看護師をしているのに自分の限界がわからずに働いてしまうなんて、少し恥ずかしかった。

今私は病棟の空き部屋にいるらしい。点滴が終わるまで休ませてもらうことになった。

「もし、悩んでることがあるなら言えよ。力になれることがあれば協力するから」

「ありがとう」

「看護師長も心配して残ってるから、目を覚ましたと伝えてくるよ。俺は他にやることがあるから、これで失礼する。大事にするんだぞ」

本田先生が病室を出ていき、私は一人ぼっちになった。

帰るのが遅くなったら利久斗さんが心配してしまうので、連絡したい……でもスマートフォンが近くにない。

少しして、看護師長が入ってきた。ベッドのリモコンを操作して、上体を少し起こす。

「目が覚めてよかった。こんなに負担をかけてしまっていたのね……」

「いえっ。私もちゃんと自分の体力を考えて動くべきでした」

「先ほど出してくれた提案書をもとに、やってみようと思うわ」

「ありがとうございます。でも、この案は私が作ったとは言わないでください。看護師長からのご提案と言っていただいたほうが、みなさんも納得してくれると思います」

「了解よ」

そのときだった。扉が勢いよく開く。

「風子！」

入ってきたのは利久斗さんだった。

「……っ！」

看護師長がいるのに下の名前で呼ばれて、心臓が飛び跳ねる。

「看護師長、風子が過労で倒れたと聞いたが、なぜそのようになったのか説明していただきたい」

氷のように冷たい視線を向けられた看護師長の顔色が悪くなっていく。

「私の指導が行き届いていなかったので、河原さんの業務が通常より多くなってしまいました」

「それはどういうことだ？」

「誰でもできる仕事ではありますが、それを一人で請け負っていたのです」

「原因は究明できているのか？」

利久斗さんの追及に、言いづらそうにしながらも看護師長が口を開く。

「嫉妬……です」

「嫉妬？」

「患者から人気があるのと、桐生先生が河原さんに肩入れされているからです」

「なるほど」

「桐生先生は病院スタッフ、患者様のご家族、たくさんの方から人気があります。なので、女性特有の嫉妬と言いますか。それを抑えられなかったことは私も反省しております」

「そんなつもりはなかったんだが……」

どうしても他人の目には親密に見えてしまうのかもしれない。

彼がアイコンタクトを送ってきた。看護師長に本当のことを打ち明けるということだろう。この状況では仕方がないと、静かに頷き返す。

「これから話すことは内密にしていただきたいのだが」

「はい」

話題が変わったことに気がついたようで、看護師長がいつにも増して真剣な眼差しを向ける。

「俺が結婚したという噂が流れているのは？」

「承知しております」

「その相手が、風子なんだ」

「……そ、そうだったんですね」

驚きによるものか、看護師長の声は震えていた。

「黙っていて申し訳ない。以前も大勢の前で風子をかばったことがあった。それがきっかけで彼女が嫉妬の対象になってしまい、危険なことも何度かあって。だから、彼女にこれ以上の被害があってはいけないと思って、結婚を内密にしているんだ」

「そのような理由があったとは……存じ上げませんでした」

「今風子が辞めたら人員が不足する。そう考えて、新しい人材が確保できるまでは仕事を続けたいとの風子の意向で、仕事を続けてもらっているんだ。ただ、来年の春頃には退職をと」

「新人の頃から河原さんを見ていますが、看護師としてどんどん成長していて、いずれは看護師長を目指してほしいと思っていたんです。……残念ですが、将来の院長の奥様として、ご活躍されていくことを陰ながら応援いたします」

看護師長からそんな高評価を受けているとは思ってもいなかった。

こうまで言われて仕事を辞めるのは寂しいが、これが自分の選んだ道なのだ。

「ご理解いただけて助かる。短い時間になってしまうかもしれないが何卒よろしくお願いしたい」

「かしこまりました」

看護師長が深々と頭を下げる。

「看護師長、私は残りの期間しっかりと学びたいので、今までのようにご指導お願いします」

入れ替わりに私も頭を下げると、彼女は微笑んで頷いてくれた。

「わかりました。今後ともよろしくお願いします」

彼女は部屋を出て行った。

利久斗さんはパイプ椅子に腰かけて、私の手をぎゅっと握った。

「一人で抱え込んでいたんだな」

「……いえ」

「俺のせいで風子が苦しむのは辛い」

悔しそうに瞳に悲しみを滲《にじ》ませている。

私を想って感情を動かしてくれることが嬉しかった。私は頭を左右に振る。

「利久斗さんのせいじゃありません。私にも問題があるんです。頼まれたことをなんでもやってしまって、許容範囲を超えてしまいました。でも、これではいけないと思って業務の改善案を提出したんです。看護師長も理解してくれたので、これからきっと環境はよくなっていくと信じています」

そう言って笑顔を浮かべると、彼は小さなため息をついた。

「風子は立派な素敵な女性に成長したな。それに比べて俺は、まだまだだ」

「そんなことありません。利久斗さんは男性として、一人の人間としても素晴らしいですが、尊敬するお医者様として、いつも羨望の目で見てしまいます」

私の言葉に彼が頬を赤く染める。恥ずかしかったようだ。

「でも、なんでも相談してほしかった」

「そうですね……。ごめんなさい」

「夫婦なんだ。協力して乗り越えていきたい」

彼は私の手を握り直して、立ち上がった。

「それと、本田から栄養失調だと聞いた。またダイエットでもしていたのか？」

「……はい。結婚式までに少しでも綺麗になりたくて。利久斗さんの隣に立っても恥ずかしくないように」

利久斗さんが慈愛に満ちた表情で私の頬を撫でる。

「だから食べる量が少なかったのか。風子は太っていても痩せていても風子だ。俺の選んだ最高の女だと自覚してくれ」

利久斗さんの深すぎる愛に私は涙を流しそうになった。けれどこれ以上心配をかけてはいけないと、笑顔を浮かべる。

「本当にありがとうございます」

「仕事がまだ残っているから、終わったらまた戻ってくる。今日は無理をしないで一緒に帰ろう」

「でも誰かに見られてしまったら？」

「まずは体調が優先だ」

その通りだなと思って、私は素直に頷いた。


次の日は有給にさせてもらい、一日たっぷりと眠ったらすっかり体調が回復した。

久しぶりにのんびり家で過ごしていたが、午後にはじっとしていられず部屋の掃除をしたり、洗濯をしたりしていた。とはいえ、共働きだからということで週に二回ほどハウスクリーニングをお願いしているから、元々とても綺麗だ。

祖母の部屋で一緒にお茶を飲んで、お昼のワイドショーを見た。

祖母は体調がよさそうで顔色もとてもいい。今のところ元気そうで、すごく安心している。

利久斗さんが帰る前に夕ご飯を作っておこうと、夕方に我が家に戻った。

家にある材料で、ピラフとコンソメスープ、サラダを準備した。

仕事を辞めて専業主婦になったら、こんなふうに帰りを待つのだろう。そして、利久斗さんのために食事を作り、家のことをする。

愛する人が喜んでくれるならそんな生活も嫌じゃない。

でも、退職するまでは仕事を精一杯頑張ろう。

玄関の鍵を開ける音がした。時計を見るとまだ七時前だ。

「おかえりなさい」

「ただいま。体調は大丈夫か?」

私を心配して早く帰ってきてくれたみたいだ。

「大丈夫です」

「もしかして食事の準備をしてくれたのか?」

「はい。体調も回復したし、ここ最近、料理もできなかったので」

長い腕が伸びてきて、包み込まれる。

「無理しなくていいんだぞ」

「心配かけてごめんなさい」

愛する人に抱きしめてもらうと、安心して体の力が抜けていくような気がした。

利久斗さんは私の頬に手を添えて温かい眼差しで見つめてくる。

唇が重なり、食べられてしまうような、しかし優しいキスに溺れる。立っていられない私の腰を利久斗さんが支えてくれた。

「夕食にしましょう？」

「あぁ」

着替えてテーブルに着いてもらう。作っておいた料理を並べて、二人で手を合わせた。

「美味しい」

喜んで食べてくれる姿を見ると、作ってよかったなと思う。

食事を終えてソファに座り、温かいお茶を飲みながら寄り添っていた。

「利久斗さん。私考えたんですけど、職場のみなさんには、利久斗さんの名前を出さずとも、入籍をお伝えするべきなのかなと」

「それは俺も考えたんだが……。様々なことがあったし、風子のことが心配だ。退職する日まで言わないほうがいいと思う」

明日からはまたいつも通り働くつもりだ。先輩ナースにまた仕事を押しつけられるのか……少し憂鬱になって相談してみたけれど、私のことを大切に考えてくれる彼の気持ちを尊重しようと、受け入れることにした。

◆

「先輩、もう復帰して大丈夫なんですか？」

「うん、心配かけてごめんね」

心配そうに声をかけてくれる谷岡さんに続いて、意地悪してきた先輩たちも近づいてきた。

「倒れるとは思わなくて」

「ふーこちゃん、体力だけはありそうだったし」

心を砕いているような言葉にも聞こえるが、嫌味も含まれているみたいだ。嫉妬する気持ちというのはなかなか消えないのかもしれない。

「ご迷惑をおかけしました」

ぺこりと頭を下げたところで、カンファレンスが始まった。

「みなさんに見ていただきたいものがあります」

看護師長が紙を配る。業務の担当表だ。

「一人に負担が集中しないようにイレギュラーなケースの担当表も作ることにしました。今は人員が足りていなくて大変なこともあると思うんですが、この病棟で働くスタッフたちは一つのチームだと思って頑張っていきたいと思っています」

これからどんなふうに変わっていくのか、楽しみと緊張が入り混じる。

「実はこの担当表は、河原さんが提案してくれたものをもとに作成しています」

それは秘密でと言ったのに、と内心思いつつも、周りの反応をうかがう。

「すごいわね」

私に仕事を押しつけてきた先輩の一人は感心したようだった。他のスタッフも同意するように頷く。

「もちろん担当表の通りにいかないこともあると思いますが、そこは助け合っていきましょう。一番大切なのは患者様が快適に過ごせることですから。そこを忘れてはいけません」

看護師長の言葉が胸に染み込む。病気で苦しんでいる人が少しでも楽な気持ちになれるように、頑張っていきたい。


それから二週間が過ぎ、職場の雰囲気は見違えるほどよくなった。

「ふーこちゃん、そのカルテ見て。まとめ方でなにかいいアイディアある？」

「まずは、先生がどのように指示されたかわかるのが最善だと思うんですよね……」

担当表の案が功を奏したのか、最近は緊急の患者さんが入ってくる以外には残業もない。

まだたまに「今日も桐生先生に目をかけてもらってましたよ」とこそこそ囁かれることもあるけど、あまり気にしないようにしよう。

もう一つ嬉しいことは、谷岡さんがやる気を漲《みなぎ》らせてくれていることだ。

ナースステーションに着信音が鳴り響き、先輩ナースが受話器を取る。

「はい了解しました」

電話を切ると、先輩は辺りを見渡した。

「検査に行っている高田《たかだ》さんのお迎え……」

今日の高田さんの担当スタッフは、今は違う用事で席を外している。

こういうときに新たに導入された担当表に従って別の人に声がかかるのだが、その人も違う仕事をしていた。そうなればみんなで助け合っていくしかない。

「私手が空いているので行ってきます！」

「谷岡ちゃん助かった！　いってらっしゃい」

彼女は張り切ってナースステーションを出て行った。その様子を見ていた先輩ナースが安堵の表情を見せる。

「よかった。谷岡ちゃんがやる気を出してくれて安心した。これも、ふーこちゃんのおかげだね。あなたみたいな看護師は本当に必要だから末永く働いてよ？」

私は曖昧に笑顔を浮かべることしかできなかった。

だけど、勇気を出して意見を言ったことで、こんなふうに環境が変わるなんて。これは、私の人生にとって勉強になる大きな出来事だった。

第五章　優しい嘘

職場での問題が解決し、仕事が以前よりさらに楽しくなっている。

近い未来には退職しなければならないのがちょっとだけ寂しい。

来月、十月から経験者のスタッフが入ってくることになった。一度結婚のために退職し、子供が小学校に入るとのことで職場復帰するらしい。

勤務の配慮は必要だが、一生懸命働きたいという決意があるらしく歓迎ムードだ。

これで人員不足が解消……とまではいかずとも、私の代わりの人が入れば、予定より早く退職するというのも一つの道なのかもしれない。

結婚したことを秘密にするのは常に隠し事をしているようで、気持ちのいいものではなかった。

そんなことを思いながら食堂で食事をしていると、本田先生が近づいてきた。

「ここ、いい？」

「どうぞ」

「また、たまにご飯でも食べに行かないか？」

「うーん。二人で行くのは……ごめんなさい」

「なんで？」

明確な答えは言えないので誤魔化すようににっこりと笑う。

「美味しそうに食べるところが可愛いなと思ってさ」

熱っぽい視線を向けられて、動揺してしまう。

「またまたご冗談を」

急にぽっちゃり好きになったのだろうか。

元々は、本田先生が私を女性として見ることができないと言ったから、やけになってお酒に酔って、利久斗さんと体の関係を持ってしまったのだ。

あれがなければ、こんなふうに夫婦になっていなかったかもしれない。

「もしかして、好きな人とうまく行ってるの？」

「さぁ」

「相手はどんな男？」

結構しつこい。私は適当にはぐらかしながら食事を済ませて、さっさと席を立った。

仕事を終えて、白衣を着替えて更衣室を出た。

「お疲れ」

「お疲れ様です」

本田先生もちょうど帰るところだったらしく、昼のこともあったのでなんとなく気まずかったが、並んで出口に向かう。

「夕飯一緒に食べて帰らないか?」

「予定があるのでちょっと」

「そうか……。いや、その……実は、困ってることがあるんだ」

悩んでいると言われたら無視するわけにはいかない。

「……どうしたの?」

「今週の土曜日、新潟からいとことその娘が来るんだ……。今六歳なんだけど、病気をしていてさ」

「そうなんだ……」

「命に関わる病気ではないんだけど、投薬治療とかして頑張ってるんだ」

私は黙って話を聞いていた。

「それで……話の流れで、彼女がいるって嘘をついてしまって。お兄ちゃんの彼女に会いたいって言われてて……」

そこまで言うと、彼は私のほうを向き、顔の前で両手を合わせた。

「一日でいいから恋人のふりをしてその子に会ってくれないか?」

「えっ、無理だよ」

「そこをなんとか頼む。俺の彼女に会ったら辛い治療も頑張るって言われたんだ」

「そんなのずるい」

病気と闘う小さな女の子が、治療に前向きになれるのはいいことだと思うけど。

「……頼む」

断ってもしつこいし、病気の女の子のことは応援したいし……つい、引き受けてしまった。

待ち合わせ場所などを約束して家に帰り、私は頭を抱えて悩み込んでいた。

(利久斗さんに言うべきかな……どうしよう)

余計なことを伝えて心配させるのも申し訳ない気がする。

ちょうど土曜日は彼は出勤日のはずだ。昼間のうちに行って帰って来れば、知られることはないだろう。

隠し事をするのは罪悪感が襲ってくるけれど、約束してしまったので行くしかなかった。

◆

土曜日の朝、ネクタイを締めている利久斗さんが私をちらりと見る。

「今日はなにする予定?」

「……そうですね。ちょっと一人で街をぶらぶらしてこようかなと思っています。映画でも、観ようかなと……」

「そうか。気をつけて行ってくるんだぞ」

「ありがとうございます。利久斗さんもいってらっしゃい」

嘘をつくと胸がまたチクチクと痛む。

笑顔で利久斗さんを見送ると、私も出かける準備を始めた。

ワンピースに着替えてカーディガンを羽織る。秋に差しかかってきたので朝と晩は冷えることが多い。

支度を終えた私はマンションを出て駅に向かった。

今日はランチタイムに一緒に食事をするだけでいいことになっている。

利久斗さんにも、いとこの娘さんにも、嘘をつくのは心苦しいが……しょうがない。

駅に到着して少しすると、薄手のカットソーにジーンズという格好をした本田先生が手を振りながら近づいてきた。

「お待たせ！」

なんだか嬉しそうな顔をしているが、私はあまり気分がよくなかった。利久斗さんに隠し事をして、さらにこのあとまた嘘をつくのだと思うと、すごく嫌なのだ。

「もう少ししたら来るはずだから」

本田先生はなにやらウキウキと話しかけてくるが、私は適当に相槌を打つだけ。

「ところでどんな病気なの？」

「はっきりとした病名はまだわからないんだが、腎臓が悪いんだ」

「そうなのね」

「薬が効いているから今はいいけれど、学校休んで入院して薬の調整をするときがあって」

「幼いのに頑張っているんだね」

今日は小さな子供を励ましたいとの一心だけでここにやってきた。少しでも元気づけられたらいい。

少しして、本田先生より少し若い女性と女の子が近づいてきた。

「よく来たな」

「うん！　彼女さん、はじめまして。つむぎです！」

ハキハキと挨拶する様子は病弱には見えないが、いつも治療を頑張っているのだろう。

私はしゃがんで目線を合わせ、挨拶を返す。

「河原です」

「可愛いお姉さんだねっ！　はい、お土産！　お団子だよ」

「ありがとう。私からも」

病気によっては食べ物に気を遣っているだろうと、小さなうさぎのぬいぐるみを購入してきた。

四人で一緒に和食屋に入る。

つむぎちゃんは魚の定食を注文し、あまり塩分を取ってはいけないので醤油はかけずに食べていた。

「本当はね、ハンバーグとかオムライスとか食べたいの」

そう言いながらも癇癪も起こさず魚をつつく姿を見ると、胸が熱くなる。

「ところで、二人は結婚しないの？」

「えっ？　うーん、そうだな。そういうのはタイミングっていうものがあるんだ」

「へぇ」

私が答えに困っていると、つむぎちゃんのお母さんが笑顔を向けて頭を下げる。

「この子、ちょっとおませなんです。答えにくいことを聞いてしまってすみませんね」

「あ、いえっ……」

一時間ほど食事をして席を立つ。

母子《おやこ》は少し観光をしてから帰ると言う。外に出て、つむぎちゃんとお別れの挨拶をした。

「彼女さん。今日は会ってくれてありがとうございました。いつまでも仲よくいてね」

「治療大変だと思うけど、応援してるよ」

「ありがとう。バイバーイ」

二人の姿が見えなくなるまで見送った。

これで任務終了。

やっぱり嘘を突き通すのは辛かった。

本田先生と二人きりになった私は、少々厳しい表情を向けた。

「あんなに小さい子を騙すのはもう嫌。またねって約束されたけど、今度話す機会があったらお別れしたと伝えてね」

「そんなに怖い顔しないでくれ。すごく喜んでいたから、今はこれでいいんじゃないかな。つむぎを元気づけるための優しい嘘だと思う」

その気持ちもわからないでもないが、やっぱり私には本田先生は合わないと強く思った。

「それじゃ、また病院で」

そう告げて帰ろうとすると、突然、本田先生が私の肩に腕を回し、顔を近づけてきた。

イケメンだけど、あまりにも近すぎる。嫌悪感を覚えて睨みつけた。

「気軽に触らないで！」

「どうしてそんなに冷たいんだよ。付き合ってるの？　好きなやつと」

「本田先生には関係ない」

「自分の手に入らないと燃えちゃうタイプなんだよね」

私は本田先生の腕を振りほどき、距離を取った。

「どんなに言われても、私の心は動かないから」

「……わかった」

急に聞きわけがよくなったので、どうしたのかとキョトンとしてしまう。

「俺は風子のことが好きになってしまったんだ。最近仕事してても輝いて見えて。なんで女として見れなかったんだろうなって不思議でさ」

さっきまでの態度とは一変、大真面目に告白されて、驚いた私は思わず後ずさってしまう。

「どうしても無理なの」

利久斗さん以上に素敵な人には出会えない。

彼に勝てる人なんていない。

「……風子、今日はぬいぐるみまで買ってきてくれて本当にありがとう」

「あれはつむぎちゃんのためのものだから気にしないで。では」

これ以上いたらまたしつこくされそうだ。違うお願いをされても困るので、私は急いで家に帰った。

＊＊＊

風子の様子がおかしい。

なにか大事なことを隠しているのではないかと気になってたまらない。

土曜日の出勤を終えて家に戻ってくると、夕ご飯が用意されていた。今日は風子は休みだ。

風子の料理はどれも美味しくて、残さず食べて、さらにおかわりをしてしまうこともある。なのでまた昔のように体に脂肪がついてしまいそうだ。

今日のメニューはきんぴらごぼうと、マグロとサーモンの刺し身、魚のつみれ汁だった。キッチンに目をやると、カウンターに土産らしき袋が置いてある。

「……あれって新潟の？」

「あ、そうです」

「今日は一人で映画を見てくるんじゃなかったのか？」

「あぁ……そうだったんですが」

「誰かと会ったのか？」

「あ、ええっと……物産展があって美味しそうだったから買ってみたんです」

どこか変だと思ったが、なにか事情があるのかもしれないと、それ以上問い詰めることはしなかった。ただ、なんとなく嫌な予感がする。

その後は話題を変えて、風子が作ってくれた料理を嗜《たしな》んだ。

食事を済ませて入浴をしてからリビングに戻ると、風子は誰かと電話をしていた。

俺に気がついて電話を切る。そしてこちらに近づいてきた。

「誰と話してた？」

「……友人です」

「そうか」

やはりなにか様子がおかしい。こういう場合はどうしたらいいのか。

結婚している先輩に相談してみたいものだ。

ほとんど眠れないまま翌朝を迎え、出勤した。

病棟に立ち寄ると、風子がナースステーションで本田と顔を寄せ合ってなにか話している。仕事だから仕方がないが、他の男に近づいてほしくないと嫉妬心が湧き上がってきた。

患者の様子を見て、次は医局に向かう。

仕事が落ち着いていて珍しく早く帰れそうだと考えながら、自分の席に座っていると、先輩ドクターが声をかけてきた。

「桐生先生、結婚されてたんですね。お相手はどんな方なんですか？」

「普通の人ですよ」

まだ公《おおやけ》にはできないので、苦笑いで誤魔化す。

「そうなんですか？　ものすごく美人なんじゃないかって想像しているんですよ」

「愛らしいですよ、とても」

ストレートに伝えると、彼はなぜだか照れくさそうな顔をした。自分の頭をわしゃわしゃと触りながら、にこにこと笑う。

「なんだかいいですね。今度紹介してくださいよ」

「ええ、機会があれば」

めんどくさいなと思いながらも、彼の左の薬指に指輪のような日焼けを見つけて、こちらからも質問を返した。

「先生は、結婚されて何年目なんですか？」

「ああいや、三年で離婚しました。相手はナースだったんですけど……結婚して一年目のときに浮気されまして」

「そうだったんですか……」

昨夜の風子の様子が頭に浮かび、背筋が凍りつくような気持ちがした。

「仕事が忙しくてなかなかゆっくり妻と過ごせなくて。彼女も働いていたので、病院内にいる他の医者とよくなってしまって。俺はこちらに転職ですよ」

無念そうにそう打ち明けてくれた。

結婚してからゆっくりデートできなかったり、休みが合わなかったり。それに俺たちの場合、自分の気持ちを優先させて、少々強引かつ早々に結婚してしまった。もしかしたら他に好きな人ができたのかもしれない……

「仕事も大変ですが、奥さんのことを優先して大切にしてあげたほうがいいですよ」

「助言ありがとうございます」

そこでなんとなく会話は終了した。

気持ちを紛らわせるように、気になっていた患者のカルテをチェックする。

元々は手術に前向きではなかったが、俺になら任せたいと言ってくれている人だ。絶対に助けて長生きしてもらいたい。

手術のシミュレーションをしておこうと、カルテの内容を頭に焼きつけておく。

「ではお先に失礼します」

職員の通用口からつながる駐車場に出ようとしたところで、通路の先に風子を発見した。

声をかけようとして、なんとなく堪《こら》える。

駐車場とは逆方向だったが、距離を保ったまま風子の後ろを歩いていると、本田がやってきた。

彼も俺に気がつくことなく、風子に近づく。

「お疲れ様」

「お疲れ様です」

「この前はありがとう。あそこの和食屋さん美味しかったよな」

「そうだね」

（和食屋？　なんのことだ。ランチにでも行ったのか？）

「またちゃんとお礼させてほしい」

「お礼なんて大丈夫。気にしないで」

どうもランチの話ではなさそうだった。本田と食事をするなどと聞いた記憶はない。

もしかして俺に隠していたのだろうか。

「……そういう奥ゆかしいところ、すごく好きだな」

本田が顔を近づけるが、風子に逃げる様子はない。微笑んでいるようにも見える。

「もう、冗談はやめて」

(二人はそういう関係なのか?)

風子は、不倫とかそんなことをする人でないと信じたい。

しかし再会した日、風子は失恋したと言ってバーで泣いていた。自我が保てないほど酒を呑んで、初めてを奪ってほしいと口走るくらい落ち込んでいた失恋相手が、本田なのだ。

そういえば、本田が風子の魅力に気がついてまた距離を縮め始めたと噂を聞いたこともあった。

ただの噂であってほしいと願っていたが……やはり本田のことが忘れられなくて、俺に隠れて連絡を取っていたということなのか。

怒りがこみ上げてきて、拳を硬く握る。

しかし次の瞬間には怒りは消え失せ、絶望的な気持ちに打ちひしがれた。

もし離婚したいと言われたらどうしたらいいのだろう。愛してやまない風子を失うなど考えたくない……

「つむぎが、土産美味しかったかなって気にしてたよ」

「すごく美味しかったよ」

「俺の家族に会ってもらえて、嬉しかった」

カウンターの上の土産袋を思い出す。

（本田の家族からだったのか）

この前の土曜日、俺は勤務日だった。俺の目を盗んで密会していたということだ。

しかも家族と会ったとは、俺と離婚して再婚でもしようと考えているのだろうか？

悪い妄想ばかりが浮かび、居ても立っても居られなくなった俺は足を速めて二人に追いついた。

「お疲れ」

「お疲れ様です」

突然の俺の登場に二人が驚いたようにパッと離れる。

「河原さん」

「は、はい」

久しぶりに苗字で呼んだ気がする。

口調が少しキツくなってしまって、名前を呼んだだけなのに風子は怯えているように見えた。

「患者のことでちょっと聞きたいことがあったんだが……もう帰るところか？」

「大丈夫です」

「本田先生、申し訳ないですが彼女を借りて行きます」

「えっ、はい……」

本田は呆気に取られた様子で、頷く以上はなにも言わずにこちらを見ていた。

風子の手首をつかんで歩き出す。

しばらく歩いたところで、小声で声をかけられた。

「利久斗さん、手……病院でつないでいたら、まずくないですか？」

「あぁ、そうだったな」

しっかり握っておかないと遠くへ行ってしまいそうで心配でたまらなかったが、少し冷静になって手を離した。

今すぐ二人きりになって、本田との関係を問いただしたかった。

駐車場に出て、風子を車の助手席に座らせる。俺も急いで運転席に回り、中に入った。

「一緒に帰っても大丈夫なんですか？」

「あれはどういうことだ。説明してくれ」

「え？」

「途中から話を聞いていたんだ。新潟のお土産は本田の家族からだそうだな。ちょうど俺が勤務の日に密会していたのか？」

「違うんです……」

裏切られたという気持ちに囚われる。

ここでイライラしてもなにも始まらない。まずは風子を連れて帰ることにして、無言で車を発進させる。

しかし、家に帰って問い詰めたところで、離婚したいと言われたらどうしたらいいのだろう。不安で、ハンドルを握る手に力がこもった。

自宅に到着するとすぐに玄関の鍵を閉める。そして風子を囲い込むようにドアに手をついて、彼女の顔をじっと見つめた。

「不倫をしていたのか？」

「まさか、そんなこと」

彼女は頭を左右に振る。

嘘を言っているようには見えないけれど、それは俺が彼女のことを色眼鏡で見ているからなのかもしれない。

怯えているようにも見えるが、こういう隠し事は許せない。威圧的な視線を向ける。

「あいつに抱かれていないか、今すぐにここでチェックする」

「えっ」

その場でコートを脱がせると、ワンピース姿になった風子が不安そうな表情を浮かべる。前にボタンがついているタイプで、首元から一つずつ外した。

彼女を信じているが、もしキスマークでもついていたら……俺はどうなるかわからない。

ワンピースが床に落ちて風子が下着姿になった。相変わらず綺麗な肌をしていて、ふんわりとしたマシュマロみたいな体だ。

確認したところ、キスマークなどはついていない。おそらく体の関係にはなっていないのだろう。

しかし、密会していたことは否定しないのだ。

たまらなくなってキスをして、彼女の瞳を見つめた。

「まだ、あいつのことが好きだったのか？」

「違います」

否定する風子の目に涙が浮かんでいるが、嫉妬心にかき立てられてキスを繰り返す。閉じている唇を無理にこじ開けて舌を差し入れた。彼女のそれと絡めると玄関に淫らな濡れた音が響く。

ひどいことをされているというのに彼女は従順だ。そうされると、意地悪をしてやりたいという気持ちがなぜか湧き上がってくる。

ブラジャーのホックを外すと、たわわな胸があらわになった。何度見ても形も触り心地もいい。風子は最高の女だ。

手のひらで胸を包み込み円を描くように揉む。

「……ぁっ」

「キスマークはつけられてないようだな」

「ですから……！」

反論しようとした彼女の胸の先端を強くつまみ上げた。

「あぁぁっ」

「背中も確認してやらないと」

風子の体を回転させてドアに手をつかせ、背中を向けさせる。

触れるか触れないかのフェザータッチで背骨に沿ってなぞると、白い腰が揺れた。

後ろから手を伸ばして両胸を少し強く揉みしだき、ヒップラインに熱の塊を押しつける。

「本当にこういうことされてないか？」

「誤解ですっ、んぁっ」

丸みを帯びたお尻の肉を手のひらでさすると、風子の肌が粟立った。いつも敏感な風子は、こんなときでも反応してくれる。

胸を揉みながら、胸の先端を人差し指で弄《いじ》る。コリコリと硬く勃起しているので、根本をキュッとつまんだ。

「あぁぁ！　……んっ」

強くしても嫌がる様子を見せない。

彼女はドアにすがるようにして、快楽に悶えていた。

ショーツの上から熱くなっているところに触れると湿っている。

「とりあえず体に痕跡はなさそうだな」

「そんなことしてないですもん」

「中までたしかめないと」

「……たしかめてください」

か細い声で言われ、心臓が跳ねた。

彼女は無意識に俺を興奮させるような言動をする。

「そういえば、新しい看護師が配属されたな」

「……はい」

「後輩も順調に育っているようだし、予定より早めに退職してもいいかもしれない」

「そう、ですね」

「子供、作ろうか」

俺は、こんなときになにを言っているのだろうか。

他の男に心を奪われたかもしれないと嫉妬して、絶対に別れられない二人の愛の結晶を欲するほど、風子に溺れている。他人から言わせたら歪んでいると言われるかもしれないが、風子のことが好きで好きで仕方がないのだ。

「……利久斗さんの赤ちゃんは欲しいですけど……玄関でデキたなんて言ったら、ちょっと」

「風子にはおしおきをしなければいけない。疑われるようなことをしたらダメだ」

ショーツの隙間から指を入れてダイレクトに花びらに触れる。

ヌルヌルとして、柔らかくなっていた。花びらの奥に隠れている敏感な真珠を中指で捏《こ》ねくり回す。

「あぁ……んっ……」

蜜で濡れる潤いの泉に沈めた指がキュッと締めつけられる。彼女は無意識なのかもしれないが、今すぐにでも中に入りたくてたまらない。

今までは、人員不足の問題もあってすぐには仕事を辞められないので避妊をしていたが、もうその必要もない。

一日も早く自分の女だと示さなければ、他の男が寄ってくる。

指を奥深くに差し入れて、かき混ぜる。グチュグチュと卑猥な音が響いた。

もう一本指を増やして、抜いたり挿したりとピストン運動を繰り返す。

玄関の床に風子からあふれた飛沫が飛んだ。

「あっ……んっ……」

俺たちが住んでいる部屋の階に他の部屋はないから人が来る可能性は少ないが、住人以外の誰かは来るかもしれない。滅多にないが、風子のおばあさんが訪ねてくる可能性だってある。

声を出して喘ぐ彼女の口を手のひらで塞いだ。

「誰か来るかもしれない。声は我慢しろ」

「……んっ」

激しく抜き挿しを繰り返し、最奥の窄《すぼ》まったところを突っついてやると、風子は悦《よろこ》ぶのだ。

「……っ」

呼吸を乱し、さらに尻を突き出してくる。

なんとか体をドアで支えつつも、感じすぎているのか、脚が震えていた。

「ここだろ？　風子が好きなところを俺は全部知っているぞ。他の男に見せるなよ」

隘路《あいろ》が切なく締まる。まるでもっと動かしてとせがまれているようだ。

指を奥深くに沈め、ふと動きを止めて問いかける。

「どうして本田に会っていたんだ」

彼女の口元からそっと手を離し、事実を知ろうと耳を傾ける。

「……いとこさんの……娘さんが……病気で……。本田先生が……っ、彼女がいると嘘をついて……

彼女のふりをして会ってほしいって……言われたんです……っ」

「そんなこと断ればよかっただろう」

「病気と闘っているって聞いたら……っ、断れなくて……」

風子の優しさを利用するなんて許せない男だ。

「利久斗さんに……心配かけたくないから……言えませんでした……ぁっ」

そういうことだったのか。

でも二人はすごく親密そうだった。本当に病気の娘さんに会っただけなのだろうか。

「そのあとに二人きりでホテルに行ったとか」

「ありえません……帰ってきました……で、でも……」

なにか言いかけて口を閉じてしまう。

先を促すように、中に入れたままの指をぐいっとかき混ぜた。

「あぁぁっ……」

「ちゃんと言わないといつまでも焦らすからな」

沈めた指はそのままに、もう一方の手を伸ばして胸の先端を弾く。今にも千切れてしまいそうなほど硬くなっていた。

「……響く……の……あぁぁっ……、利久斗さん……イカせて」

「いつからそんなにいやらしい言葉を言えるようになったんだ」

俺が仕込んだからだ。

素直に恥ずかしい言葉を言って恥じらう姿が可愛くて仕方がない。愛しい彼女を目の前にすると、俺は少しだけSっぽい性格になるようだ。

「おかしくなっちゃいます……はぁっ……」

「隠していることがあったら全部吐き出せ」

「……好きだって言われました」

「は？」

身勝手な男だ。体型を理由に女として見られないと言ったくせに、今頃になってなぜそんなこと言うのか、理解ができない。

「もちろん……っ、断っています……でも、しつこくて……はぁあっ……」

また指の動きを止めて、黙って彼女の後ろ姿を見つめる。

「風子が本当に好きな人は誰だ？」

「……決まってるじゃないですかっ……んっ」

見下ろす肩が震えた。鼻を啜《すす》っているらしい。意地悪しすぎて泣かせてしまったのかもしれない。

指をそっと抜いて、こちらを向かせて顔を覗き込む。

「……どうして信じてくれないんですか？」

「風子……」

「……利久斗さんのこと、大好きです。あなた以外の人はもう目に入りません。お願いします。この気持ちに嘘はありませんから、心配しないでください」

こんなところで、体を冷やしてはいけない。

ふと頭が冷えて、嫉妬心で申し訳ないことをしてしまったと彼女のことを抱きしめた。まだ体が震えている。

彼女の膝裏と背中に手を添えて、横抱きにして持ち上げた。

「お、重たいから下ろしてくださいっ」

「風子なんて重くないさ」

寝室まで運び、ベッドの上に寝かせてから、素早く自分も服を脱いだ。俺が裸になると彼女はいつも目を逸らす。

「なんで目を背ける？」

「だって、スタイルがよすぎて……」

理由になっているのかどうかわからない。

俺はベッドに上がり、風子に覆いかぶさった。片方の胸を揉みながら、もう片方を丹念に舐める。

「んぁ……あぁっ」

玄関で愛撫していたので、彼女の体にはすぐに火がついた。体が桃色に染まっていく。眉間に皺《しわ》を寄せて悶える表情がたまらなく愛しい。

胸の先端はちょっと濃いめのピンク色で、それもまたいい。食べてくださいと主張しているかのようだ。

口に含んで吸いつくと、彼女の体が跳ねる。

執拗《しつよう》に先端にのみ刺激を与えていると、風子の呼吸がだんだんと荒くなってきた。まさか胸の先端だけで達してしまうのではないかと期待に胸が膨らむ。

唾液で濡らして舌先を固くし、上下に舐《ねぶ》る。

もう片方は親指と中指でつまんで軽く引っ張ったり押しつぶしたり、絶妙なタッチで刺激を与え続けた。

「ひゃぁ……あぁぁっ……ん、利久斗さんっ……あぁっ」

胸にしか触っていないのに、風子は腰をくねらせ、太腿を思いきりぎゅっと閉じている。

このまま一度目の快楽を味わわせてやろうと、思いっきり乳頭を吸った。

「……はあぁぁ、イッちゃう……っ、んっ、あぁあああっ……」

目をつぶった風子の呼吸が一瞬止まり、すぐに肩を大きく揺らして酸素を胸に取り込む。

そして次の瞬間にはうっとりしたような表情で、まぶたをそっと持ち上げて涙目で俺を見つめるのだ。これは彼女が絶頂したときの合図だった。

本当に気持ちよさそうで、その姿を見ているだけで俺の欲望が硬く爆発しそうになる。

彼女の呼吸が落ち着くと、俺は胸からお腹にかけて優しく愛撫し、唇は内腿に到達した。柔らかくて、どこを食べても本当に美味しい。

こんなに素敵な女性は世の中に二人といないと思う。

「んっ」

膝の後ろに手を添えて両脚を大きく開き、ベッドの上に立てた。風子は恥ずかしがりながらもそのままの状態でいて、俺がよく見えやすいようにしてくれている。

俺以外が触っていない神秘の泉が桃色に染まり、蜜で濡れ光っていた。

「そんなにじっと見ないでください」

「いつまでも眺めていたいほど美しいんだ」

そっと手を伸ばして花びらに触れると、透明の液体があふれて指先にまとわりついた。

糸が引く。こんなにも感じてくれているのだと思うと嬉しくてたまらない。細胞が体中で暴れだしている気がした。

今にも分身がするりと入ってしまいそうなほど柔らかく濡れそぼっているが、俺は好きな食べ物は最後までとっておくタイプである。

もっと彼女のことを味わい尽くしたい。そんな気持ちから、秘密の花園に顔を近づけて、彼女の香りを吸い込む。

「いやぁんっ」

甘酸っぱいイチゴのような香りだ。まるで彼女自身を表すかのよう。

近くで見ているだけで美味しそうで、口内に唾液が溜まってくる。

顔を近づけて、潤う泉の入口から敏感な真珠のすぐ下までをねっとりと舐めた。

「ひゃ……」

面白いほど反応してくれる。

粒を包み込む皮を剥《む》いて、舌先で円を描くように撫でる。

「んっ」

優しく動かしたり、強めに刺激を与えたりを繰り返していると、洪水が起きたのではないかと思うほど愛液があふれた。

真珠にキスをし、唇全体で食べるように咥《くわ》える。

「ぁあああ」

風子は体を震わせて快楽に耐えている。

彼女が喜ぶことをこれからもいっぱいしたい。一緒に過ごす時間が長くなるほど、彼女への愛が大きくなっていく。

秘所から唇を離して、息を吹きかけた。風子が驚いたように目を見開いてこちらを見つめる。

「本当に敏感な体だ」

中指を蜜口に差し入れて浅いところをかき混ぜた。

すごく温かくて、自身を彼女の中に入れたくなる。

その願望をぐっとこらえて指を進めると、深いところまですんなりと入った。抜いたり挿したりを繰り返すと、風子が喜悦の声を上げる。

「あぁぁっ……また、イッちゃう」

悶える姿を見ると、俺が我慢できなくなってしまった。今日はこのまま……

「風子、愛おしくてたまらないんだ……風子と俺の子供が欲しい」

俺の言葉に、彼女はしっかりと頷いてくれた。

避妊具をつけずに彼女の脚の間に体を滑り込ませる。

浅瀬に先を入れて、様子を見ながらゆっくりと腰を動かした。

ダイレクトに伝わってくる彼女の熱。

言葉にできないほどの幸福感に包まれて、これからも永遠に彼女を大切にしようと心の中で誓う。

緩慢な動きで深いところまで突き進む。隘路《あいろ》が戦慄《おのの》き、俺の分身がズブズブと呑み込まれた。

「……風子、たまらない……」

一番奥まで到達する。俺と風子を隔てるものはなにもない。

背中に手を回して彼女を抱きしめ、至近距離で見つめ合って唇を重ねた。そうして愛おしい気持ちを注ぎ込む。

「愛してる……」

「私も愛しています」

ゆっくりと腰を打ちつけると、二人の蜜が絡み合って卑猥な音を奏でる。角度を調整して彼女の好きな部分へ、集中的に刺激を与えた。

「あぁぁっ…ああっ、あっ……り、利久斗さぁん……あっ……アッ」

一定のリズムで打ち続ける。心を込めてピストン運動を繰り返した。

「アッ……すごいっ、あぁっ」

「気持ちいいか？」

「はい、っあ、あぁん、あっ」

「俺も風子の気持ちよさそうな顔を見ていたら、すぐに達してしまいそうだ。……っ、どうしてそんなに可愛いんだ……ッ」

男根が鉄のように熱く硬く、今すぐにでも弾け飛んでしまいそうだった。

「利久斗さんが、好きだから……。なにをされても、感じちゃうんです。あっ、アッ……アァァん、アッ、はぁぁんっ」

玄関で強引に体を弄《いじ》ったときも彼女は感じてくれていた。

それほど俺のことが好きなのだ。そう思うと安心し、涙が出そうになる。

二人の体温が上昇して溶け合い、体が一つになった気がした。

俺は風子の腰をしっかりとつかんで抽挿の速度を上げる。ベッドのスプリングが軋み、肌がぶつかり合う音が激しい。

パンパンパンパンパンッ。

「イッちゃ、あぁぁあああ、利久斗さん、いっぱい……注いでくださいっ。あぁぁあああっ」

「イクぞ……、風子、好きだ。愛してる……っ」

風子が快楽に呑み込まれて蜜道を痙攣《けいれん》させた。

同時に自らも絶頂を迎え、白濁を彼女の中に放つ。まるで搾《しぼ》り取られるかのようだ。

覆いかぶさって、風子をしっかりと抱きしめた。ふんわりとしていて抱き心地がいい。

俺の腕の中で安心しきった表情をしている。

「今回は信じるが、疑われるようなことをしないでくれよ」

「はい。なんでも相談します」

「わかってくれたらいい。……男の嫉妬は醜《みにく》いな」

自分で言って苦笑いする。もっと余裕のある人間になりたいものだ。

「風子に飽きられないように、努力するから」

「もう今でも充分すぎます」

微笑んでくれた彼女のことを、今まで以上にもっと大事にしようと決意した。

裸のまま、彼女に腕枕をしてベッドでまったりと過ごす。

「新しいスタッフは他の病院で経験があるらしい。即戦力になってくれるはずだ」

「はい。先日挨拶に来ていて、頼りになりそうな方でした」

「後輩はどう？」

「順調に育っているので、問題なく働いてくれると思います。谷岡さんは、本当によく頑張ってくれていて……。はじめの頃は協調性がなくて困りましたが、今は周りの人たちと協力して仕事に取り組むようになってます」

その話を聞いて安心すると同時に、一刻も早く二人の関係を公《おおやけ》にしたくなった。

「俺の勝手で申し訳ないが、もう人に関係を隠すのが辛い」

風子が俺を見上げて頷く。

「まだ学びたいことはたくさんありましたし、本当は少しだけ寂しいです……。もっと働きたい気持ちもありますが、でも、一番優先させたいのは私たち夫婦のこれからです。利久斗さんを支えることが私の新たな夢になりました」

せっかく看護師になって認められてきたのに、途中で辞めるなんて迷いもあるはずだ。

でも、風子は覚悟を決めてくれたようだ。

「不安もあると思うが、なんでも言ってほしい」

「ありがとうございます。医者の妻として、様々な場所に出向かなければいけないこともありますよね」

「あぁ。交流会などもあるだろう」

「自分に務まるのかなと怖かったんですが、それも全部含めて結婚しました。利久斗さんに恥じない人間になりたいです」

健気な気持ちを聞いて胸が温かくなった。

「愛してる」

「伝わってます。今日はちょっと強引でしたけど、心から愛してくれているって……」

俺と風子は互いの気持ちをたしかめ合い、熱い口づけを交わした。

＊＊＊

気がつけば十月。新しいスタッフの元野《もとの》さんは、予想以上に活躍してくれている。

カンファレンスが終わり、谷岡さんとバイタルチェックに向かう。

「元野さん、すごく仕事ができますよね。私も負けないで頑張らなきゃ」

「谷岡さんも負けないぐらい頑張ってると思う。このまま誠実に経験を重ねていけば立派な看護師になると思うよ」

私が微笑むと彼女は嬉しそうに頷いた。

「いつまでも私の成長を見守っててくださいね」

「成長できると信じているから」

もうすぐ退職するとはまだ言えず、曖昧に答えるしかなかった。

病室に到着すると、谷岡さんは穏やかに患者さんの言葉に耳を傾けている。

「あまり眠れませんでしたか？」

「ええ。手術のことが心配で眠れなくて」

「そっかぁ。お医者さんから説明してもらって、わからないこととかありましたか？」

「説明はわかったんですけど、怖いんです」

「そうだよね……。でもよくなるために手術を受けるんですよ。元気になったらお孫さんと一緒に旅行したいってお話ししていましたよね」

話をするうちに患者さんの表情が明るくなっていく。丁寧に寄り添う姿を見て胸が温かくなった。

母も入院中、看護師に励ましてもらったと語っていたことを思い出す。

私はもうすぐこの仕事を辞めてしまうけど、人のためになる素晴らしい職場で働けたことに感謝だ。

谷岡さんはしっかりと話を聞いて、最後には患者さんに笑顔が戻っていた。

患者さんの前では笑顔を絶やさず、困っている人がいたら寄り添ってあげられる素敵なナースだ。

部屋を出て、今度は私が谷岡さんを励ます。

「素晴らしいわね」

「先輩の姿を見て学んだんですよ。素晴らしいのは先輩です」

彼女の言葉が心に染みて泣きそうになった。

「本当に、河原先輩に出会っていなければ……どんな未来だったのかなって」

「本当にありがとう」

「こちらこそありがとうございます」

次の部屋に到着して、バイタルチェックをしていく。

もうそろそろ一人で任せても大丈夫そう。

私が退職するまでにしっかりと育ってくれてよかった。


その日の勤務終了後、看護師長に退職日を伝えることにした。

日勤が終わり、打ち合わせスペースに来てもらい、向かい合って腰をかける。

「十二月いっぱいで退職させていただこうと思います」

「そうですか……とても残念です」

「新しいスタッフも入ってきましたし、谷岡さんも立派な看護師になったなと感じていて。これからは夫を支えていこうかと」

「河原さんが決意したことですから、引き止めることはできません」

「未熟だった私を育ててくださって、本当にありがとうございました」

本心からそう言って、深く頭を下げた。

「こちらこそありがとうございました。辛い思いをさせてしまったこともあって本当にごめんなさい。幸せになってくださいね」

「退職する日にみなさんに結婚したことを伝えようと思いますので、それまではまだ内密にお願いします」

「わかりました」

退職が決まり、気持ちがまた引き締まった気がした。

更衣室に向かっている途中で利久斗さんから連絡が入る。

『今日は帰るのが少し遅くなりそうだ。夕食はなくても大丈夫。先に寝ていてくれ』

「お疲れ」

返事を打ちながら更衣室に入ると、そう声をかけてくれたのは真由香だ。

彼女にはお世話になったし、人より早く退職を伝えよう。

「これから用事ある？」

「どうしたの？」

「彼、帰ってくるのが遅いみたいだから、ちょっとだけご飯食べて帰らない？」

「いいよ」

利久斗さんには、真由香に退職の報告を兼ねて食事をして帰ると、連絡を入れておいた。


近くのタイ風居酒屋でタイ風卵焼きとパッタイを注文し、ビールで乾杯する。

卵焼きにはパクチーがどっさり載っていて、とっても美味しい。パッタイはナンプラーが効いていて、思わずニンマリとしてしまう。

そんな私を真由香は温かい視線で見つめていた。

「きっと桐生先生も、こうやって食べている姿が可愛いと思うんだろうね」

「……ど、どうかな」

「結婚してから肌ツヤもすごくよくなって、幸せに暮らしているんでしょ？」

「いろいろあったけどね」

「たとえば？」

本田先生との一件を話すと、彼女は自分のことのように腹を立ててくれた。

「女として見られないって言ったのはあの人なのに。最近になって魅力に気づいちゃったんじゃない？」

「それはありがたいけど……。今となってはちょっと迷惑だよね」

「たしかに。しかも恋人のふりをさせるって、終わってるわー」

「私もちゃんと断ればよかった」

でもあの一件があったから、利久斗さんと本心でぶつかり合うことができた。

「それで、実は今年いっぱいで仕事を辞めることになったの」

「えー！　寂しいんだけど」

「やっぱり隠しながら働いていると大変なこともあって。スタッフも増えたからこのタイミングかなと思って決断したんだ」

「来年の春ぐらいまではいてくれるかなと思ったのに。残念」

「真由香はずっと助けてくれて、仲よくしてくれたから、早めに言わなきゃと思って」

「そっかぁ。でもずっと恋人ができなかった風子が幸せな道を歩んでいけるなら、嬉しいよ」

優しい目でそう微笑んでくれて、胸が温かくなる。

「仕事は辞めちゃうけど、これからもずっとよろしくお願いします」

「こちらこそよろしく」

大切な友人に伝えることができてよかった。それから私たちは二時間ほど話に花を咲かせた。

第六章　心はつながっている

あとはもう退職まで穏やかな日々……だと思っていた日曜日。

朝からチャイムが鳴り、インターホンを確認すると、知らない男性が立っていた。

「どちら様でしょうか？」

『利久斗の兄です』

「……お義兄様？」

利久斗さんに兄弟がいるなんて知らなかった。

突然やってきた相手にどんな対応すればいいかわからずに固まっていると、利久斗さんが近づいてきて画面を覗く。

息を吞む気配がして隣を見ると、目を見開いてかなり驚いているようだった。

『利久斗、突然押しかけて申し訳ない。話があるのだが、入れてもらえないか？』

「……あまりにも突然すぎて失礼だ」

険悪なムードだ。でも家族がせっかく来たのなら、中に入ってもらったほうがいい。

「入ってもらいましょう」

「あぁ……そうだな」

オートロックの解錠ボタンを押す。自動ドアのほうに向かって歩いていくのが見えた。

「風子と会わせる機会はないと思っていたから、話していなくてごめん。実は、腹違いの兄なんだ」

「そうだったんですね」

「彼の名前は孝太郎《こうたろう》。五歳年上で、父が前妻の不倫で離婚して、俺の母とは再婚なんだ」

「……いろいろあったんですね」

「あぁ。兄は腕のいい医者だが、いつからか考え方が歪んでしまったんだ。母は愛情を持って接していたが、彼なりに辛かったんだろう」

「お仕事は？」

「違う病院で医師として仕事をしている。兄弟で同じ科のドクターだ」

知らない情報が一気に詰め込まれて、若干パニックを起こしそうだ。

「うちの病院はあいつには渡したくない。アメリカで力をつけてきたのも、うちの病院のためだ。思っていたより、呼び戻されるのが早かったが」

そう言って苦笑いを浮かべる。

「日本に戻ってきて、病院を守り抜きたいという気持ちがより一層強くなった。そのタイミングで父が、兄弟共になかなか結婚しないから、結婚が早いほうを院長にすると言い出したんだ」

「えっ……」

私はそれに利用された……ということになるのだろうか。すっかり忘れていたけれど、そういえば以前、利久斗さんは院長に結婚を迫られて……という話を聞いたことがあった。

不安な気持ちが一気に押し寄せてきて顔が強張ってしまうが、利久斗さんが逞《たくま》しい腕で私を抱きしめる。

「それも理由で結婚を急いでいたが、一番の理由は、愛する風子を自分のものにしたかったからだ。それは忘れないでいてくれ」

「はい」

鼻がぶつかりそうな距離まで顔を近づけてきて、覗き込まれる。

「俺のこと信じるって約束してくれたよな？」

「約束しました。信じます」

そんな話をしていると再びチャイムが鳴った。家のドアの前に到着したのだ。

私の肩を優しく叩く利久斗さんにリビングで待ってくれと合図され、頷く。

紅茶を淹れようとお湯を火にかけてからリビングに戻ると、孝太郎さんが部屋の中に入ってきた。

利久斗さんとどことなく雰囲気が似ているが、目が細くて鋭い視線だった。身長はさほど高くなく中肉中背。

「突然押しかけて申し訳ありません。はじめまして。兄の孝太郎です」

「風子と申します。どうぞおかけください」

ソファに座るように促して私は紅茶を用意する。

急いで戻ると、孝太郎さんが長い脚を組んでこちらを見た。

「お構いなく」

私にそう一言告げて、彼の視線は利久斗さんに向けられる。

「結婚したんだな？　ただ、まだ相手を公表していないらしいな」

「ああ。混乱を来たしてはいけないから」

「なぜ俺にも黙っていたんだ」

「大事な結婚を邪魔されたくなかったんだ」

「ほぉ、なるほど。結婚が早いほうが院長になるって話か。どうしてもあの病院を自分のものにしたいというわけだ」

いちいち話し方にトゲがある。イラッとしてしまうが、気持ちを落ち着かせて静かにしていた。

「そのお嬢さんは結婚の事実のために利用したってことか？」

「あの病院は俺が守り抜きたい。その気持ちもあって日本に戻ってきてからは結婚を急いだが、俺は彼女のことを宇宙一愛している。だから一日も早く自分のものにしたかった」

聞いているだけの私の耳が熱くなる。けれど、孝太郎さんは嘲《あざけ》るように鼻で笑った。

「先日親父から、院長を利久斗にしようと考えていると言われた。ただ、病院の経営規約で、経営に関わる全員の同意を得なければ、院長には就任できない決まりがある」

「そのとおりだ」

「経営陣の中には俺についている人も多数いる」

彼は勝ち誇ったような顔で身を乗り出して言い放った。

「つまり俺が賛成しなければ、お前は院長になれないってこと。わかるだろう？」

利久斗さんが孝太郎さんを睨みつける。

「なにがお望みだ？」

「今から三人の患者を転院させる。他に類を見ない稀《まれ》な症状だ。彼らの手術を成功させたら、俺はお前の腕を認めて院長としてやってもいい」

「なんだって？」

「手術が成功しなければ院長の座は俺に譲れ」

「勝手なことを言うな」

「勝手なことをしたのはお前だろ？　お前がこんなに早く結婚すると思っていなかったから、俺は仕事にばかり集中していた。入籍することを知っていたら、俺だって女の一人や二人、すぐに妻にすることができた」

人を人と思っていない発言に、はらわたが煮えくり返る。

こうして少し話を聞くだけでも、利久斗さんが彼の考え方が歪んでいると言った意味がわかった。

私も医療従事者として働く立場から言えば、こんな人が病院のトップに立ったら、嫌な思いをする患者さんやスタッフが多くなるのが目に見える。

利久斗さんのように、自分の欲よりも一人一人の患者さんに重きを置いてくれるドクターでなければならない。

私がでしゃばることではないが、つい立ち上がってしまう。

「女性を駒《こま》みたいに言わないでください」

二人とも驚いた表情でこちらを見たが、孝太郎さんはすぐにニヤニヤして自分の顎を撫でた。

「気の強い女は嫌いじゃない。こいつが手術に失敗したら、俺が院長になる。そのついでと言ってはなんだが、利久斗は病院を辞めて俺の目の前から消えてほしい。だが、お嬢さんは、路頭に迷う夫が相手じゃ大変だろう。俺の妻にしてやってもいい」

「お断りします。人の命を賭けるようなことをしないでください」

強く言い返すが、彼はまったく動じていないようだ。

「どうしてそこまで、権力を欲する？」

利久斗さんが冷たい口調で問いただすと、孝太郎さんは乗り出していた体をソファの背に預けた。

ふんぞり返った姿勢で口を開く。

「お前にはわからないだろう。本当の母親のもとで育てられたんだからな。優秀なのは俺も変わらない。院長夫人が俺の母親であれば、長男の俺が院長になるはずだったのに」

まったく紹介されなかった兄弟だったので察せられるものはあったけれど、こんなに深い確執があるとは思わなかった。

「手術の予約は終えている。期限は今年いっぱいだ。俺もたまには様子を見に行くことにする。さぁ、お手並み拝見だ」

彼は勝ち誇ったようにそう言って家を出て行った。

静まり返ったリビング。どんな言葉をかければいいのかわからない。ただ寄り添って背中をさする。あんなふうに吹っかけるからには難しい手術なのだろう。『きっとあなたなら成功します』とか安易な言葉はかけられなかった。

百戦錬磨の彼がこうして黙り込んでいることも、その証拠だ。

「……俺は患者の命も救うし、この病院も絶対に守り抜く。これから厳しい毎日になるかもしれない。帰ってこられない日もあるだろう。どうか成功するように願っていてくれ」

「強く強く願っています。どうか体だけは気をつけて」


それから数日後、孝太郎さんの言った通り、三名の患者さんが転院してきた。

一人目は七十代女性。二人目は四十代男性。三人目は高校二年生の女の子だった。

三人とも心臓を患っており、ドナー登録をしているがなかなか適合者が現れない。命の期限も近づいてきていて、手術に踏み切ることになった。

患者さんのカルテを見るだけで、どれほど大変なことなのかというのが私にもわかる。

利久斗さんなら、きっと彼らを助けられる……そう信じるしかなかった。

先月、利久斗さんは手術の勉強や新しい患者の受け入れで、忙しい毎日だった。夫婦として過ごす時間はないに等しかったが、心はつながっていた。

あっという間に十二月に入り、本日のカンファレンスで私の退職が伝えられる予定だ。

看護師になりたくて努力して勉強し夢を叶えたが、こんなに早く辞めるなんて想像もしていなかった。結婚するという、もう一つの夢が叶うのも想定外だったし。

「おはようございます」

ナースステーションに入り、仕事の準備をする。そしてカンファレンスが始まった。

「最後に……河原さんは結婚されたため、今月いっぱいで退職することになりました」

「えぇ！」

看護師長がそう発表するとナースステーションの中にざわめきが起こった。

カンファレンスが終わり、谷岡さんが泣きそうな顔をして近づいてくる。

「先輩がいなくなっちゃうなんて聞いてないんですけど」

「ごめんね。今日まで言えなかったの」

「そうだったんですね。でも寿退社ですもんね、おめでとうございます」

「ありがとう。辛いことも喜びもたくさん経験して立派な看護師さんになってね。今月末まではいるし、退職してもいつでも連絡くれていいから」

「はい！　教えてもらったことを活かせるように、頑張っていきます」

「じゃあ今日も仕事頑張ろう」

私たちはワゴンにノートパソコンを載せて、一緒に朝の見回りに出た。


「寿退社ってどういうことだよ！」

ランチタイムに食堂にいると、本田先生がやってきてそう叫んだ。私の対面に座る真由香は警戒心剥《む》き出しだ。

「実は、もう籍は入れてるの」

「人妻なのかっ！」

大騒ぎで、トレーに載せたおかずを零しそうになっていた。気持ちを落ち着かせるように、断りもなく私の隣に座る。

「だから急に綺麗になったとか？」

本田先生が私の顔を覗き込んでそんなことを言った。

「本田先生、もうきっぱりと諦めて次に行ってください」

真由香が呆れたように言うと、本田先生は少しだけ哀《かな》しそうな顔をする。

「胸が痛い……結婚してたとはなぁ……」

ぶつぶつ言いながら食事を口に運んでいる。

「なので、ごめんなさい。もう二人きりで食事に行くことはできないの」

「……そりゃそうだよな」

「夫が心配するから」

利久斗さんの顔を頭に思い浮かべると会いたくて仕方がなくなる。

最近は孝太郎さんに与えられたミッションのせいで、かなり無理して働いているようだ。

一緒に食事をすることはほぼないし、夜遅くまで病院で手術のシミュレーションをし、会議を重ねているらしい。

ほぼ別居状態だけど、私は手術が成功することを心から願うしかなかった。

忙しくてたまらないのに必ず連絡をくれるし、寂しくなんかないと言い聞かせている。医者の妻として、夫の仕事が忙しくなったら夫婦の時間が取れなくなることも、想定内だ。

「……もっと早く魅力に気づいていたらよかった」

「本田先生って身勝手ですね。女として見られないとか言って振ったくせに」

私の言いたいことを真由香が代弁してくれるので気持ちがいい。

でも、本田先生が私のことを傷つけたからこそ、今があるのは本当だ。

「本田先生、ありがとうございました」

「別に俺は感謝されることはしてないけど……」

不思議そうな顔をされたけれど、これでもう変なお誘いをされることもないだろうと安心した。

◆

今日、利久斗さんは当直で泊まることになっている。私は準夜勤だった。

仕事が終わって、利久斗さんにメッセージを送る。おにぎりの差し入れをしたいが、会える状態なのかわからないので聞いてみたのだ。すぐに既読になる。

『今は落ち着いている。当直室にいる』

『少しだけ寄ってもいいですか？』

『もちろん』

もしかしたら会えるかもしれないと用意しておいた、彼の好きな焼き鮭のおにぎりと肉味噌のおにぎり。

急いで当直室へと向かう。当直室はドクターが休息できるように個室になっていて、私がノックするとすぐに扉が開いた。

私の姿を確認すると長い手が伸びてきて、室内に引き入れられると同時に抱きしめられる。

久しぶりに利久斗さんの香りに包まれて、胸いっぱいに吸い込んだ。頭を上げるとげっそりして頬がこけた、けれど精悍《せいかん》な顔がある。

「ちゃんとご飯食べてますか？　少しは眠れていますか？」

「ああ、心配かけて申し訳ない」

「会えるかなと思って、おにぎりを作ってきたんです」

トートバッグを掲げて見せると、彼は嬉しそうに微笑んだ。

「ちょうど腹が減っていたんだ」

ソファに並んで座って一緒におにぎりを食べることになった。手渡すと嬉しそうに食べて、味を噛み締めているように見えた。

「体に染みるほど美味しい」

「そう言っていただけて嬉しいです」

私も大きな口でかぶりつき、咀嚼《そしゃく》する。自分で作ったものなのに美味しくて笑顔になった。

「風子の食べている姿はなによりも可愛いし癒される」

「そんなこと言ってくれるの、利久斗さんだけですよ」

「仕事が少し落ち着いたら、風子と一緒にゆっくり食事したい」

「私も同じ気持ちです」

あっという間に食べ終わり、彼が話を始めた。

「本当は不安でたまらない。こんなにプレッシャーをかけられたのは初めてだ。経験したことのない手術でどうしようもなく緊張している」

いつも完璧な彼が弱みを見せている。自分にだけその姿を晒《さら》してくれているのだと思った。

彼の手をそっと握り、黙って話を聞くことに徹する。

「手術に失敗したら、兄が院長となり、俺は追放されることになる。最悪の場合、風子と一緒に暮らせなくなるかもしれない」

こんなに追い詰められているなんて、その姿に胸が張り裂けそうだった。その苦しみの一部分でも負担してあげられたらどんなにいいか。

安易な言葉で励ますこともできないし、手伝えることはなにもない。

「弱気にならないでください。私はどんなことがあっても利久斗さんと別れません」

「風子……」

「私と暮らせなくなる未来なんて想像しないで、大切なことを忘れないでください」

「大切なこと？」

「患者さんを助けることです」

わかっているはずだけど、あえて言った。

彼は深く頷いて、私の言葉を噛み締めているようだった。

「どんな最悪な状況でも、患者の命を助けるのが俺の仕事だ」

「そうです。利久斗さんのことを患者さんもご家族も信じていますよ」

利久斗さんが、体に乗っていた重たいものが取れたような、そんな顔を向けてくれる。

「……人に弱みを見せたのは初めてだ。俺の奥さんになってくれて本当にありがとう」

「こちらこそ。これからも支え合っていきましょう」

利久斗さんは大きな手の平で私の頬を包み込み、優しくキスをしてくれた。

いつまでもこの口づけに溺れていたいが、今は当直中で、空いている時間は手術の勉強したいはずだ。名残惜しいが帰ることにした。

「この手術が終わったら、結婚式の話を具体的に進めていこう」

「はい。楽しみにしています」

後ろ髪を引かれる思いで私は当直室を後にした。


三週連続で利久斗さんは手術をすることになり、先週までで一人目と二人目の患者さんの手術が無事成功した。

これはものすごい快挙だそうで、どちらも学会で発表するほどの症例だそう。

患者さんの体調もみるみる回復し、だんだんと顔色も肌ツヤもよくなってきた。

この間、利久斗さんはほぼ病院に泊まりっぱなしで、私は人目を盗んで着替えを差し入れていた。

そして本日は最後の高校生の女の子、葉山玲那《はやまれいな》ちゃんの手術の日だ。私は彼女の病室で、準備を始めていた。

「ねえ、看護師さん……」

「なに？」

「私、長生きできるかな」

玲那ちゃんは、色が白くて、純粋そうな瞳をした可愛らしい女の子だ。

手術が成功して、まだまだこれからの人生を謳歌してほしい。

不安そうにしている玲那ちゃんのそばに寄り、手を握る。

「大丈夫。心配することないわよ」

「桐生先生のことは信じているけど……。手術ってやっぱり怖い」

「これを乗り越えたら必ずよくなる」

誰でも言えるチープな言葉だったが、私は心を込めて伝えた。

玲那ちゃんが少しほっとしたような顔で頷く。

そこに、谷岡さんがストレッチャーを押して入ってきた。

「お迎えに来ましたよ」

玲那ちゃんを寝かせて手術室まで送っていく。

谷岡さんと私で話しかけながらストレッチャーを押し、大きめのエレベーターに乗り込んだ。

「退院したらカラオケに行きたいな」

「歌上手なんだね」

「大きな声を出すとストレス発散になるから好きなの」

何気ない会話をしながら、手術室の前に到着した。中から担当の看護師が出てくる。

「葉山玲那さんです。よろしくお願いします」

「お待ちしておりました。玲那ちゃん、じゃあ行きましょうか」

「……はい」

担当の看護師がストレッチャーを引き取ってくれる。

「待ってるからね。行ってらっしゃい」

「うん、行ってきます」

柔らかい微笑みを浮かべて、私たちは彼女を送り出した。

この中に利久斗さんがいる。

（どうか手術が成功しますように……）

毎回、手術室まで患者さんを送ったあとは、祈るような気持ちが込み上げてくる。

「成功するといいですね」

「絶対に大丈夫。私たちがそう信じるしかないもんね」

手術がどうなるか気になって仕方がないが、やらなければならない業務がたくさんある。

いつも通りに勤務に励み、手術が無事に終わるのを待つしかない。

廊下を歩きながら窓の外を見ると、ふんわりと雪が舞っている。

（クリスマスってことすら忘れてたなぁ……）

今日の東京は冷え込んでいて、明日は珍しくホワイトクリスマスになりそうだった。

夕方に手術が終了し、利久斗さんがナースステーションにやってきた。いつもはスーツの上に白衣を羽織っているが、今日は手術着のままだ。

手術の結果が気になっていた看護師たちが一斉に駆け寄る。

「――無事に成功した」

ナースステーションに拍手が沸き上がった。

玲那ちゃんはこのまま集中治療室に入る。状態はかなりいいとのことだが、容体が急変したときにすぐに対応できるようにするためだ。

「今夜を乗り越えることができれば問題ないだろう」

彼の手によって三名の患者さんが助けられたのだと思うと、嬉しくて涙が出そうになる。彼は私にしかわからないように視線を送って微笑んでくれた。

そして次の日には、玲那ちゃんは無事に一般病棟に戻ってくることができた。うまくいけば年明けには退院できる見込みだ。

様子を見に行くと、ちょうど目を覚ましていて、笑顔で迎えてくれる。

「桐生先生のこと信じて手術して、本当によかった」

「うん」

「看護師さんもずっと励ましてくれてありがとう」

彼女の退院を見届けたいが、私はあと二日で退職する。寂しいが、きっと元気に退院できるだろう。そんな未来が見えた。

仕事を終えて帰ろうとしたら、利久斗さんから連絡が入り、院長室に来るようにとのことだった。

何事かと思って急いで向かうと、そこには院長と利久斗さんと義兄の孝太郎さんがいた。

「風子さん、悪かったね。あなたにも聞いてもらいたかったんだ」

「いえ」

私の返事に頷いて、院長の視線が利久斗さんに移る。

「見事な手術だった」

「ありがとうございます」

院長が話を続ける。

「本来であれば長男がこの病院を継ぐが、素晴らしい手術を三件も成功させ、結婚もして安定した利久斗が次期院長にふさわしい。もう反対する者はいないだろう」

その話を聞いた孝太郎さんは、悔しさを顔全体に滲《にじ》ませている。

「孝太郎はこの手術が成功しないと思っていたのだろう。どんなことがあっても全力で命を助けようとするのが医師なんだ。協力もせずに無理難題を押しつけて、医療従事者としてありえない行動だ。これからは心を改めて誠心誠意働きなさい」

そう厳しく咎《とが》められた孝太郎さんは、利久斗さんを睨みつけて院長室を出て行った。負けを認めたのだろう。

「ずっと忙しくしていたから、年末年始はゆっくりしておいで」

そう言って、院長は私たちに旅行をプレゼントしてくれた。旅館を予約してくれたらしい。

「しかし、病院が手薄になるのでは？」

「患者になにかあったら俺が面倒見るから大丈夫だ」

「では、お言葉に甘えようか、風子」

「ありがとうございます！」

「利久斗を支えてくれて感謝しているよ」

院長のご厚意に甘え、私たちは夫婦水入らずで、ゆっくりさせてもらうことにした。


そして今日は私の最後の出勤日。

新人ナースだった頃、至らないこともいっぱいあって迷惑をかけた。

夢だった仕事は、いざ就職すると大変なことが多かったけど、この経験を悔やんだことはない。

同僚や患者さんから大切なことを教えてもらい、成長できたと思う。

感謝の思いで最後の一日を終え、日勤から夜勤へ引き継ぐカンファレンスの時間になった。

「今日でやっと情報解禁できることになりました。実は、河原さんは桐生先生とご結婚されたのです」

看護師長から伝えられ、全員が目を見開いて私を見る。

「あの先生のハートを射止めるなんてすごいわね」

「驚いちゃったわ。だけど本当におめでとう」

「では、河原さん一言いい？」

そう促され、みんなと向かい合うように看護師長の隣に並ぶ。

「はい。短い間でしたが、みなさんと仕事ができて本当によかったです。大変なことも辛いこともある仕事ですが、患者さんのために尽くすことができる素晴らしい職業だと改めて思いました。仕事を辞めることにはなりましたが、この経験を生かしてこれからの人生を生きていきたいと思います。みなさんもどうか体に気をつけて頑張ってください。本当にありがとうございました」

「今まで本当にお疲れ様でした」

そう言って看護師長から花束を渡され、私は後ろ髪を引かれる思いで病院をあとにしたのだった。

◆

今年最後の日。これから、院長が予約してくれた旅館で一泊し、新年を迎える。

祖母を一人にするので少しだけ申し訳ない気持ちだったが、『今までずっと大変な思いをしてきたんだから、楽しんでおいで』と言ってくれたのだ。

出発前に祖母の部屋に寄る。

「そろそろ出るけど、なにかしておくことある？」

「大丈夫よ。気をつけてね」

「うん！」

「ひ孫の顔が見られることを楽しみにしてるわよ」

ニコニコしながら肩を叩かれて、私は恥ずかしくて頬が熱くなった。

「期待に応えられるかわかんないけど……」

「授かりものだからね。まあプレッシャーに思わなくてもいいのよ。愛する人と楽しいひとときを過ごしておいで」

孫の私が可愛くてたまらないというように、皺々《しわしわ》な手で優しく頭を撫でてくれる。

「ありがとう。お土産買ってくるからね」

「楽しみにしているわ」

そして、利久斗さんの運転する車で旅館へ向けて出発した。

院長が手配してくれたのは、和風リゾートの極みと言われている、評価の高い旅館だ。旅館に到着して通された部屋は、二人ではもったいないほど広い。

私たちは早速、ベランダに向かって設置されているソファに並んで座り、景色を眺めた。

愛する人と一緒にいられるだけで、もうなにもいらない。

幸せな時間が過ぎていく。

「今年も終わるんだな」

「ええ。あっという間の一年でした。今年が始まったときにはまさか結婚するなんて想像もしていませんでしたよ」

「それは俺も同じだ」

二人で顔を見合わせて楽しく笑う。

人生、なにが起きるか本当にわからないものだ。

「風子がいてくれたから乗り越えることができたんだ」

「そう言っていただけてすごく嬉しいです」

「今回ばかりはピンチを乗り越えられないかもしれないと思っていた。しかし待ってくれている人がいると思うと勇気が湧いて、集中力も高まった」

利久斗さんが私の手を強く握る。そしてこちらに優しい視線を向けて微笑んだ。

「これからも様々な困難があるかもしれないが、俺のことを支えてほしい」

「もちろんです。ずっとそばにいて支えます」

どちらからともなく顔を近づけ、口づけを交わす。

辛い出来事だったが、今回のことで二人の絆が強まったように感じていた。そういう面では孝太郎さんに感謝すべきなのかもしれない。

しばらくのんびり過ごして夕方になり、食事が運ばれてきた。部屋での懐石料理だ。豪華なお造りや鉄板のステーキにアワビの酒蒸しなど至れり尽くせり。日本酒で乾杯した。

「風子の食べている姿は本当に可愛い」

「仕事も辞めて前ほど動かなくなるので、食べすぎないようにしないといけませんね」

「健康に気をつけることは大切だが、あまり体型を気にしないでくれ」

「そんなに甘やかしたら、もっともっとぽっちゃりしちゃいますよ」

「構わない。だがお互い健康で長生きしたいな。そういう面でもカロリー計算は必要になってくる」

「たしかにそうですね」

愛する人と一日でも長く一緒に暮らしたい。

なにも考えずに好きなものを食べて飲んで運動もせずにいたら、そのツケが必ず回ってくる。利久斗さんのためにも栄養学の勉強をしっかりして、体にいい食事と適度な運動、質のいい睡眠を取れるように工夫していかなければ。

水を飲みながらゆっくり呑んでいたので、あまり酔いは回らなかった。

テレビを見て小休憩を挟み、二人で露天風呂に浸かる。

香りのいい檜《ひのき》風呂で、ほのかに灯った光が雰囲気をよくしている。周りにＢＧＭ等の音はなく、空には星が見える。

ほうっと息をついていると、後ろから抱きしめられた。

「風子、今年はありがとな」

「こちらこそありがとうございました」

「来年は結婚式をして、いい年にしよう」

「はい、楽しみですね」

利久斗さんのタキシード姿を想像するだけで頬が熱くなる。

絶対に誰よりもかっこよくて王子様みたいで、さらに惚れなおしてしまうだろう。

「風子のウェディングドレス姿が楽しみだ」

利久斗さんのほうを振り返って至近距離で見つめ合い、微笑んでキスをした。

彼が私の上唇と下唇を優しく食べるように挟む。その唇がだんだんと下がっていき、首筋に吸いついた。お湯の中では彼の手が私の胸を包み込む。

「はぁっ……んっ」

「風子、愛しているよ」

お湯に浸かっているせいなのか、甘い言葉をかけられているからなのかわからないが、体がだんだんと熱くなってきた。

そのままお互いの体に触れることに没頭し……気がつくと、新しい年を迎えていた。

お風呂をあがってベッドに寝転ぶと、浴衣を着た利久斗さんに包み込まれる。

「抱いても抱いても飽きないんだ……。俺をこんな気持ちにさせたのは風子が初めてだ」

熱っぽい眼差しで見つめられると、体がとろけてしまいそうになる。

愛する人に自信のなかった体を求められ、去年は少しだけ自分のことが好きになれた。

浴衣の帯が外され、素肌が晒《さら》される。

新年から、私はたっぷりと利久斗さんに愛を注がれたのだった。

◆

仕事を辞めてから、私は栄養学の勉強を始めた。普段仕事が忙しくてぐっすり眠れないこともある利久斗さんのために、食事も改良を重ねていこうと決意したのだ。

睡眠の質を向上する食べ物を調べてみると、トリプトファンという乳製品や青魚等に含まれるアミノ酸の一種を摂取するといいらしい。

私も改めて健康的なダイエットに注力しようと思っている。脂肪燃焼で必要なのはタンパク質、ビタミン、ミネラル。

栄養学は勉強すればするほど奥が深くて、私はだんだんとのめり込んでいた。

自分なりに勉強して食事を作っていたが、もっと上手になりたい。祖母が教えてくれる昔ながらの家庭料理の他にも、創作料理も作ってみたいし、料理教室に通ってもいいかも。

（利久斗さんが帰ってきたら相談してみよう）

私が仕事を辞めたのを機に一度契約を解除した家政婦さんを再び入れて、洗濯や掃除をしてもらってもいいよと言われてはいたが、今まで働いていた時間をなにもしないでいるのは、なんだか手持ち無沙汰に感じるのだ。

これまでに比べたら素人ができる範囲だけれど、嫌いなことじゃないから私にとってはまったく苦ではない。

むしろ愛する人の下着を洗わせてもらえることが幸せ。って、ちょっと変態チックな発言だったかも。

利久斗さんが帰宅したのは夜の八時。

遅めの食事なので、今日は魚のホイル焼きにした。夜はなるべく油ものを控えて、朝胃もたれしないように。だけどしっかりとタンパク質を摂れるメニューを選ぶ。

自分が作ったものでも、食事を見ると、勉強して学んだことが頭に浮かんで楽しくなってくる。

玄関まで迎えに行って鞄を受け取った。彼は手洗いとうがいを済ませてから、私を抱きしめてただいまのキスをしてくれる。

「お疲れ様」

「ありがとう。腹減った」

利久斗さんが着替えている間に急いで準備を済ませる。テーブルに着いて、一緒に食事を始めた。

「今日も勉強していたのか？」

「はい！　すごく面白くて。料理をしているともっと上手になりたくなって、教室に通いたいと思うのですが」

「風子は本当に頑張り屋さんだな。やりたいことをやったらいい」

「美味しい食事、いっぱい作りますね」

「俺を太らせるつもりか？」

そう言って柔らかく微笑む利久斗さんは、今も美味しそうに食事を食べてくれている。

「まあいい。太ったら一緒に運動に付き合ってくれ」

妙に色っぽい言い方をされて、私の心臓がドクンと跳ねる。

仕事で疲れているはずなのに寝かせてくれないほど激しい夜もあって、彼の体力にはいつも圧倒されていた。

「料理のレパートリーが増えるのが楽しみだ。なにが出てくるか期待している」

「張り切って頑張ります！」

利久斗さんは私がやりたいことを否定せずになんでも受け入れてくれるのだ。

こんなに素敵で優しい人と結婚できたなんて、私の人生はとてもラッキーだ。

「結婚式場だが、両親が押さえてくれたようだ」

「五月のゴールデンウィークですね。なんだか緊張してきます」

「今週末はウェディングドレスのデザインを決めに行こう」

忙しいのに、二人の結婚式だからと、利久斗さんはちゃんと向き合ってくれる。

そして週に一度は祖母も交えて三人で食事をしていた。寂しい思いをしてほしくないからと言う。

本当に優しい旦那様で、私にはもったいないくらい。

「今日も美味しかった。いつもありがとう。ごちそうさまでした」

食事が終わると私の分の食器もざっと洗って食洗機に入れてくれる。

このあとゆっくり入浴してもらって晩酌することもあれば、背中を流し合うこともあった。

いつまでもこの幸せが永遠に続きますように、と願う気持ちでいっぱいだ。


土曜日。私たちはウェディングドレスのデザインを打ち合わせるためにサロンにお邪魔していた。

「妻はふわふわと可愛いらしい体をしているので、その雰囲気を壊さないように。あまり露出が激しいものは好みではありません」

「かしこまりました」

打ち合わせが終わり、近くのカフェでランチをすることになった。

カフェに向かって歩きながら、先ほど利久斗さんがドレスのデザインの希望を出していたときのことを思い出し、ついくすくすと笑ってしまった。彼は私よりも張り切って話を進めていたのだ。

いきなり笑い出した私に、利久斗さんが驚いてこちらを見る。

「急に笑いだしてどうしたんだ？」

「利久斗さん、打ち合わせに気合いが入っていたなと」

「変なことを言ったか？」

私は頭を左右に振る。

「いえ、ふわふわと可愛らしい体とか言っていて、ちょっと恥ずかしかっただけです」

「申し訳なかった。他の男には風子の素肌をあまり見せたくなくて」

「大切に思ってくれている証拠ですね」

彼の気持ちが嬉しくて、私はそっと手をつないだ。立ち止まって斜め上にある顔を見つめると、頬が赤く染まっていて、照れているようだ。

「……あぁ、誰よりも大切に思っている。それは何年経っても変わらない」

「私も同じ気持ちです」

指を絡ませ合って歩いて、何気ない時間を共に過ごすだけで幸福で満たされる。

カフェに到着して、二人でホットサンドを注文した。私は厚切りベーコンチーズ。利久斗さんはツナトマトを選び、お腹いっぱいになるまで食事をした。

ダイエットしなきゃと思っているのに、ティラミスまで食べてしまう。

「んー、本当に美味しい」

頬に手を添えて感動に浸っていると、正面から笑い声が聞こえてきた。目を開けると慈愛に満ちた表情の利久斗さんがいる。

結婚したけれどまだまだ胸のドキドキは収まらない。好きな気持ちが増殖していく。

「風子、一口ちょうだい」

テーブルに肘を置いた状態で口を開けられる。公《おおやけ》の場でイチャイチャするようで恥ずかしいが、スプーンで一口すくって彼の口元に差し出した。

「はい、あーん」

「……うまい。風子が食べさせてくれたから特にそう感じるのかもしれない」

結婚してから、彼は時折こうして甘えてくるようになった。

この前は、ソファの上で膝枕をしてあげたらとても気持ちよさそうな表情をしていて、母性本能をくすぐられて胸がキュンキュンしまくった。

頼りになるし甘えさせてくれる利久斗さんだが、私にしか見せない一面もあってたまらない。

同じ『時』を重ねていき、どんどん愛情が深まっていくだろうと予想できる。

年を取って、お互い白髪になって、皺々《しわしわ》になっても、仲よく暮らせたら幸せだ。そんな未来が容易に想像できて胸が温かくなった。


一月も中旬になり、料理教室に通い始めて日々を楽しく過ごしていた。聞いたことのない料理やアレンジがまったく違う定番料理。学ぶって本当にためになる。

今日も利久斗さんが帰ってくるまでに夕食を作って待っていようと、教室が終わってから近所のスーパーに立ち寄っていた。

今は仕事もしていないし、特に疲れることもしていないのに、このところ体調が思わしくない。

風邪でも引いたかなと思いながら何気なく周囲を見たとき、お腹を大きく膨らませた女性の姿が目に入った。

そういえば……月のものが来てない。

もしかしたら妊娠しているのかも？

まだ決まったわけでもないけれど、喜びが湧き上がってきて顔がにやけてしまう。

だって愛する人の赤ちゃんを妊娠したかもしれないのだ。でもまだ確実な情報ではない。

まずは妊娠検査薬で確認してみるのが最優先。スーパーで買い物を終えてから、近くのドラッグストアに立ち寄った。

どのあたりに売っているのかも見たことがなかったので探し回ってしまった。

帰りながら、喜びと共に、どんな結果になるのか、ちょっと緊張して手が冷たい。

家に着いて早速トイレに向かう。検査薬を開けただけで指が震えた。

深呼吸をして結果を確認すると――陽性だった。

妊娠検査薬の結果は絶対ではないので、病院でちゃんと検査してみないとわからないが……今、私のお腹の中に利久斗さんの子供がいる。嬉しくて、ふわふわと浮き上がるような喜びに支配され、なぜだか泣きそうになった。

利久斗さんは、どんな反応をするだろうか。

いつも通り仕事を終えて戻ってきた利久斗さんは、プレゼントを買ってきてくれたらしかった。

「なに？」

「駅前に限定ショップがあって、ケーキが美味しいとナースたちが言っていたから買ってきたんだ」

車通勤なのにわざわざ優しい。

「ありがとうございます！　デザートに一緒に食べましょう」

食事をしながらも、妊娠の件をどのタイミングで伝えようかと緊張する。

絶対に喜んでくれると思うが、初めてのことなので動揺もあるかもしれない。

夕飯を食べ終えて、ケーキをお皿に出し、紅茶も淹れた。ケーキはフルーツがたくさん載っていてとても美味しそうだ。

幸いにも今のところつわりもなく、食欲旺盛である。

ケーキを一口食べると口いっぱいに甘みが広がり、それを追いかけるようにフルーツの香りが鼻を抜けていく。

「とっても美味しいです」

「風子が喜んでくれて嬉しいよ」

ペロリと食べ終えた私は、今言うしかないと真剣な顔を作った。

「報告があります」

「なんだ……改まって」

「実は、妊娠検査薬を買ってきて試してみたところ、陽性でした」

一瞬、時が止まったように利久斗さんが固まってしまった。

けれどみるみるうちに頬が真っ赤に染まり、瞳が輝き出す。

いつも冷静な利久斗さんがこんなにテンションを上げたところは見たことがなかった。

「本当なのか？」

「はい。まだちゃんと病院で検査しないとわからないですけど」

ダイニングテーブルに向かい合っていた利久斗さんが立ち上がり、私のところに来て思いっきり抱きしめられる。

「利久斗さん、苦しいです……！」

「悪い。嬉しくてつい……」

「ただ、まだ確定ではないので、病院で検査したいなと思ってます」

「あぁ、うちの病院の産婦人科は評判がいいから安心してくれ」

実際に病棟を見たことはないが、妊婦が安心して出産できるようにと、まるで高級ホテルのような造りになっていると見聞きしたことがある。

「人気なので予約を入れられたらラッキーだって聞いたんですけど」

「風子はうちの病院の院長の息子の嫁なんだぞ」

「そんな、申し訳ないです……」

「心配しなくていい。元気な赤ちゃんを産むことに集中しよう」

彼がそう言ってくれたので、私はしっかりと頷いた。


早速、次の日病院へ行くことになった。

夕方の一般診療が終わった一番遅い時間に来てくださいとのことで、産婦人科外来へ向かう。

到着するとスタッフが笑顔で出迎えてくれた。

問診票を記入し、産婦人科部長からヒアリング。年配の女性医師で、大人気で予約がものすごいという噂を聞いたことがあった。

「では尿検査をしてきてください。戻ってきたらエコー検査をさせていただきますね」

「わかりました」

すべての検査が終わり、結果が出るのを椅子に座って待っていた。

そこに利久斗さんがやってくる。そして、私の隣に腰かけた。

「来てくれたんですね」

「あぁ、気になって仕方がなくて。手も空いたし、一緒に結果を聞かせてもらおうかと」

「忙しいのにありがとうございます」

「俺に気を遣わなくていい」

二人で微笑み合っていると、名前を呼ばれて診察室に入った。利久斗さんの登場に彼女は驚いたようだったけれども、すぐににこやかに会釈をする。

「おめでとうございます。ご懐妊です」

「そうですか！」

テンション高く利久斗さんが反応した。嬉しくて、私と利久斗さんは手を取り合って喜ぶ。

こんなにも嬉しいことが、この世の中にあるのかと思うほどだ。

「予定日は六月十八日頃ですよ。定期的に通院してくださいね」

「何卒よろしくお願いします」

私よりも利久斗さんが先に頭を下げた。

次の受診の予約と、母子手帳をもらうための説明があり、一緒に産婦人科を出ると、利久斗さんは極上の笑みを浮かべた。

「疲れただろう？　今日の夜はなにか買って行くから、家でゆっくり待っていてくれ」

「大丈夫だけど、お言葉に甘えようかと思います」

喜びが爆発したような顔で彼は仕事へ戻っていく。その後ろ姿を見ながら、子供が生まれたらきっと過保護になりそうだと思って微笑んだ。

愛する人の子供を産むことができるなんて幸せでたまらない。

その日の夜、利久斗さんはお祝いだからと、お寿司を買ってきてくれた。

「とにかく健康で元気な子供が生まれてくればいい」

「そうですね。男の子でも女の子でも、どちらでも嬉しいです」

「近いうちに風子のお母さんのお墓に行こう」

「はい、絶対に喜んでくれると思います」

お寿司をつまみながら二人で楽しく今後のことを話す。

「喜ばしいことだが、安定期に入るまでは家族以外には伝えないことにしよう。プレッシャーになるのもよくないと思うから」

「いろいろと考えてくれてありがとうございます。祖母には明日、私から伝えておきますね」


次の日、早速私は祖母に子供ができたことを伝えるため、お部屋にお邪魔していた。

祖母の作ってくれた炊き込みご飯とキノコの味噌汁が美味しい。

お腹に子供がいると思えば、食欲が湧いてくる。でも、妊婦は太りやすいから気をつけなきゃ。

満腹になったところで、いよいよ私は打ち明けることにした。

「報告があるの」

「どうしたの？」

「初夏に赤ちゃんが生まれてくる予定なんだ」

「本当に？」

祖母が瞳を輝かせ、私の手をきゅっと握る。

「夢を叶えてくれてありがとう」

「おばあちゃんこそ、ずっと私のことを支えてくれてありがとね」

母が亡くなってから苦労をかけたことも多かったと思う。

今年中に土地を買って家も建つ予定だし、そうなったら縁側でゆっくりと過ごしてほしい。そこに生まれてくる赤ちゃんが加わって……幸せな映像が浮かんでくる。

「これからもアドバイスをお願いします」

改めて頭を下げると、祖母は嬉しそうに笑って少し涙ぐんでいた。

「人生の先輩だからなんでも聞いてね」


そして日曜日。妊娠の報告に母のお墓へ行くため、利久斗さんの運転する車に乗っていた。

利久斗さんがご両親に懐妊を伝えると、ものすごく喜んでくれたそうだ。今から楽しみで、お義母様は落ち着かない様子だったみたい。

近いうちに家に遊びに来ることになっている。そのときにまたゆっくりと報告しよう。

生まれてくる子供をみんなが心待ちにしてくれているのが幸せだ。

まだ全然お腹も大きくなってないし実感はないけど、一日一日、母親としての自覚が芽生えていくのかもしれない。

お墓に到着して、彼と一緒に手を合わせる。

「お母さん、赤ちゃんができたよ。順調に育っていくように、無事に生まれてくるように見守っていてね」

懐かしい母の笑顔が頭に思い浮かぶ。

女手一つで育ててくれて苦労も多かっただろうに、学費を残してくれて、看護学校に行くこともできた。感謝してもしきれない。

「本当……お母さんにも、生まれてくる赤ちゃんの顔、見てもらいたかったなぁ」

何気なくつぶやくと、隣に立つ利久斗さんが私の手を強く握った。

「それは俺も同じ気持ちだ。でもお母さんはきっと必ず見守ってくれている」

「そうですよね」

「また定期的に報告に来よう」

「はい」


本格的に結婚式の準備が始まると、結構大変だった。決めることが予想以上に多い。

お腹が大きい時期とぶつかるので悩んだが、桐生家の妻としてお披露目もしなければいけないということで、決行になったのだ。

それに加えて、家を建てるための土地の契約、住宅のデザインの打ち合わせなどもあって、忙しく過ごしている。

ただ、無理はしないように、赤ちゃんを最優先して過ごしていた。

◆

月日はあっという間に流れ、ゴールデンウィークに突入した。

いよいよ今日は、結婚式当日だ。

結婚式場は、ホテルの一角に建てられている白亜の建物を貸し切って行われる。

利久斗さんのお義母様がぜひと見つけてくれた素敵なウェディングリゾート地だ。チャペルで結婚式を挙げ、その後はホテルのレストランで披露宴を行うことになっている。

控室にて、プリンセスラインのドレスを着て綺麗にメイクを施される。サイズを調整できるように作ってもらったドレスは、案の定、お腹が大きくなっていたので背中の紐を緩めてもらった。髪の毛は結い上げて、その上にティアラを載せる。

（……あれ？）

鏡に映る自分の姿は、どこかで見たことがある気がした。

（……小さい頃に見た、お母さんの花嫁姿に似てる）

今日は一緒に出席してもらうつもりで、母の写真も一緒に持ってきていた。今思い出したのとは、別の写真だけれど。

窓から注ぐ太陽の光が暖かくて、まるで見守られているような気がした。

準備を終えたところに入ってきたのは、紋付の着物を着た祖母だ。

私の姿を見て、目に涙を浮かべる。ゆっくりと近づいてきて、皺々《しわしわ》の手を伸ばして頬にそっと触れた。

「とても綺麗だよ」

「おばあちゃん、今まで本当にありがとう」

「辛い思いをいっぱいしてきたんだ。誰よりも幸せになりなさい」

「うんっ、ありがとう」

大きくなったお腹に手を添えて、優しく撫でてくれる。

「この子もきっと喜んでいる。生まれてくるのが楽しみだね」

「そうだね。たくさん可愛がってね」

「もちろんだよ」

「いつまでも長生きしてよ」

「わかってる」

彼女はそう言って頷くと、おもむろに一枚の封筒を取り出した。

ピンク色の封筒で、可愛らしい羽の柄がついている。

少し日焼けしたような、年季が入ったような見た目をしていて、なんだろうと首をかしげた。

「風子のお母さんから手紙を預かっていたの。風子が結婚するときに渡してほしいって。亡くなる三日前に手渡されていたんだよ」

「えっ……？」

それを受け取った私は呆然と立ち尽くす。

「どのタイミングがいいかわからなかったけど、今日、今かなって思ってね。じゃあ、私は先に行ってるね」

母の写真を手に持って、祖母は控室を出て行った。

手紙に手をかけたけれど、開く勇気がない。母の死はとっくに受け止めたつもりでいたけれど、今もまだ、どこか現実と思えないときもあって。

控室の扉がノックされる。

スタッフが顔を覗かせて、利久斗さんの準備が整ったとの知らせだった。

私が頷くと、彼が中に入ってくる。タキシードを着た華麗な姿を見て胸が温かくなった。普段と違って、髪の毛がしっかりと固められていて、いつにも増して素敵だ。

「風子、すごく綺麗だ」

「利久斗さんも信じられないほど素敵で、ちょっと恥ずかしくなっちゃう」

私は自分の頬が熱くなるのを感じていた。利久斗さんが近づいてきて私の手を握る。

「改めて、これからも子供と風子を幸せにしていく」

「これからも末永くよろしくお願いします」

式が始まるまでまだ三十分ぐらいあるので、控室でゆっくり待っていることにした。

先ほどから開けずにいる手紙。彼がそれに視線を注いでいることに気づく。

「さっきおばあちゃんが来て、お母さんからの手紙をくれて……私が結婚するときに渡してって言われていたものらしいんですが、開けることができなくて」

「そうだったんだな」

「……読んでいただけませんか？」

「わかった」

彼は頷いて手紙を取った。そして優しくて芯のある声で読み上げてくれる。

『大好きな大好きな風子へ
この手紙を読んでいるということは、結婚が決まったということですね。

そして私はこの世にはいない。

寂しい思いをしていませんか？

きっと隣にはあなたを支えてくれる素敵な旦那様がいることでしょう。

小さいときからお留守番をさせることが多くて、申し訳ない気持ちからお菓子を買い与えてしまって。ぽっちゃりとしてしまったから、いじめられたこともあって、ごめんね。

それでも前向きに明るく育ってくれたこと、本当に感謝しています。

風子が生まれた日のことを今でもはっきりと覚えています。

新緑の季節で、ちょっとだけ風の強い日でした。

無事に生まれてきたときは嬉しくて、涙が止まりませんでした。

どんな名前をつけようかなと考えていたときに、空いていた窓から一枚の葉が入ってきたのです。

その葉が天使の羽のように見えて、どんなに厳しい風が吹いていても、負けずに朗らかに生きていく女の子になってほしいなと願って、風子と名づけました。

これから結婚して、もしかしたら子供も生まれて大変なこともあるかもしれません。

そして、あなたにはお父さんがいなかったから、旦那さんとの関係で悩むこともあるかもしれないけど、どうか負けないで強く生きてください。

失敗してしまったお母さんのアドバイスではためにならないかもしれないけど、旦那さんとよく話をして協力してね。

風子の旦那さんになるあなたへ。娘のことをどうかよろしくお願いします。

病室にて　　　　お母さんより』

利久斗さんが手紙を読み終えると、私の目からは涙があふれていた。

手紙を綺麗に封筒に戻した彼が優しい顔でこちらを見る。

「メイクを直してもらわないといけないな」

「はい、泣かないつもりだったのに」

「絶対に幸せになろう」

しっかりと頷いた。

そのときだった。

窓から優しい風が吹いて、一枚の羽が入ってきたのだ。

姿は見えないけれど母が見守ってくれているのだと感じた。


時間になり、夫の腕に手を絡めて入場する。

本来であれば父親とヴァージンロードを歩くが、私には父がいないので、このような形になった。

海が見えるチャペルは前面と左右がガラス張りで、太陽の光が優しく降り注いでいる。

つやつやに磨かれたヴァージンロードをゆっくり歩く。左右の客席はブーケで飾られ、ゲストが穏やかな笑みでこちらに視線を向けていた。真由香と谷岡さんもいる。

神父の目の前で、私たちは誓いの言葉を交わした。

「それでは、永遠の愛を誓うキスをしてください」

利久斗さんが私のほうを向いて、肩にそっと手を乗せた。

顔を傾けて唇を重ねる。

今までの中で一番甘いキスだったかもしれない。

拍手が沸き上がり、私たちは晴れて夫婦として承認されたのだ。

その後は、ホテルの海が見えるレストランで披露宴パーティーが行われた。

桐生家の式なので肩苦しいものになるだろうと心配していたが、思った以上にアットホームな雰囲気で、たくさんの人に祝福された本当に幸せな一日だった。

その日はホテルに宿泊して、利久斗さんと二人で結婚式の余韻に浸っていた。

「疲れただろう？」

「大丈夫です。とても楽しかったです」

夜風に当たりながら外を眺めていると、後ろから利久斗さんが抱きしめてくれる。

「幸せにする」

好きな人と永遠に暮らしていける未来を想像するだけで、幸福感が体中に染みる気がした。

私は彼の腕をギュッとつかんだ。

エピローグ

晴天で風が気持ちいい日に、私は元気な男の子を出産した。

このあとはホテルのような病室でのんびりと一週間過ごさせてもらうことになっている。

出産の報告を受けて、仕事終わりの真由香と谷岡さんが出産祝いを持って病室に寄ってくれた。

ベビーベッドで同じ部屋で過ごしているので、赤ちゃんとも対面してもらえる。

「出産おめでとう！」

「ありがとう！　谷岡さんも来てくれたのね」

「はい！　本当におめでとうございます」

彼女は看護師として立派に働いているそうだ。顔つきも責任感と優しさを備えたように感じる。

「桐生先生にそっくりですね」

「生まれたばかりなのにもうイケメンオーラが漂ってるわ」

小さなグーが可愛くて頬が緩む。

「名前は陽太《ようた》。周りを明るく照らす存在になってほしいと思って名づけたの」

「いい名前だね」

真由香が温かく微笑んだ。

退院して一週間。

無理をしてはいけないからと、利久斗さんが雇った家政婦さんが部屋のことをすべてやってくれて、祖母やお義母様が入れ替わり立ち代わり来て陽太の面倒を見てくれる。

みんなに愛されて、息子はすくすくと成長中だ。

利久斗さんは陽太が可愛くて仕方ないみたい。

今日は祖母が、利久斗さんが帰ってくるまで一緒にいてくれた。

「ただいま」

利久斗さんは帰宅してすぐ、眠る陽太の顔を覗き込んでいる。とろけるチーズかとツッコミを入れたくなってしまうほどのとろっとろの表情だ。

「いい子にしていたか」

ぷにぷにの頬に人差し指で触れ、優しい声で話しかけている。

「……可愛い。よく眠っている」

「今日もいい子でしたよ」

気が済むと今度は私の前に立ち、抱きしめて、窒息しそうなほど甘いキスを浴びせる。

「早く会いたかった」

「私もです」

こんなに仲よくしていたら二人目がすぐにできてしまいそう。

利久斗さんは、いっぱい子供が欲しいみたい。家族が増えたら幸せがもっともっと倍増するかも。

「利久斗さん、苦しいよ」

「たっぷりと、可愛がってやりたくて」

母親になった私に対しても変わらない。愛で溶かされる毎日が続く――

EB エタニティ文庫

勘違いから始まる♡じれ甘ラブ！

エタニティ文庫・赤

ETERNITY Rouge

エタニティ文庫・赤

御曹司を懲らしめようとしたら、純愛になりました。

ひなの琴莉《ことり》　装丁イラスト／亜子

文庫本／定価 704 円（10%税込）

大手商社の総務部で仕事に邁進している鈴奈《すずな》。ひょんなことから経営企画室へ異動となり、イケメンだが冷徹と有名な室長の加藤《かとう》と出会う。緊張していたものの、予想に反し、優しくて誠実な加藤に徐々に惹かれていく鈴奈だったが、偶然、彼の思いもよらない一面を目にしてしまい、懲らしめて改心させようとしたのだけれど——なぜか溺愛されてます!?

※エタニティブックスは大人の女性のための恋愛小説レーベルです。ロゴマークの色で性描写の有無を判断することができます（赤・一定以上の性描写あり、ロゼ・性描写あり、白・性描写なし）。

詳しくは公式サイトにてご確認ください。
https://eternity.alphapolis.co.jp/

携帯サイトはこちらから！

～大人のための恋愛小説レーベル～

ETERNITY エタニティブックス

ETERNITY Rouge エタニティブックス

ズルくて甘い極上年の差ラブ！
完璧御曹司の年の差包囲網で甘く縛られました

エタニティブックス・赤

冬野《とうの》まゆ

装丁イラスト／チドリアシ

大手設計会社で一級建築士を目指す二十五歳の里穂《りほ》。念願叶って建築部へ異動したのも束の間、専務の甥の不興を買って、できたばかりの新部署へ飛ばされてしまう。ところがそこで、憧れの建築家・一樹《かずき》の補佐に大抜擢!?　どん底から一転、彼と働ける日々に幸せを感じる里穂だけど、甘く、時に妖しく翻弄してくる一樹に、憧れが恋に変わるのはあっという間で——とろける年の差ラブ！

※エタニティブックスは大人の女性のための恋愛小説レーベルです。ロゴマークの色で性描写の有無を判断することができます（赤・一定以上の性描写あり、ロゼ・性描写あり、白・性描写なし）。

詳しくは公式サイトにてご確認ください。
https://eternity.alphapolis.co.jp/

携帯サイトはこちらから！

～大人のための恋愛小説レーベル～

エタニティブックス
ETERNITY

ETERNITY Rouge

どん底からの溺愛生活!?
辣腕上司の極上包囲網
～失恋したての部下は、一夜の過ちをネタに脅され逃げられません。～

エタニティブックス・赤

当麻《とうま》咲来《さくる》

装丁イラスト／spike

三年間も付き合い結婚寸前だった恋人を会社の後輩に寝取られてしまった紗那《さな》。どん底の気分でヤケ酒をしていた彼女はバーでちょっぴり苦手な上司、隆史《たかふみ》と会い、酒の勢いで彼に失恋の愚痴を吐き出すことに。そこで記憶を失い翌朝目覚めると、なんと裸で隆史の腕の中!?　しかもその日から、不眠症で悩む彼と生活を共にすることになって……

※エタニティブックスは大人の女性のための恋愛小説レーベルです。ロゴマークの色で性描写の有無を判断することができます（赤・一定以上の性描写あり、ロゼ・性描写あり、白・性描写なし）。

詳しくは公式サイトにてご確認ください。
https://eternity.alphapolis.co.jp/

携帯サイトはこちらから！

恋愛小説「エタニティブックス」の人気作を漫画化!

EC Eternity COMICS

[漫画]
Carawey
[原作]
冬野まゆ

大企業の技術開発部に勤める寿々花《すずか》は、家柄も容姿もトップレベルの令嬢ながら研究一筋の数学オタク。自分には恋愛は無縁…と、なんの期待もしていなかった。ところがある日、そんな寿々花の日常が一変。強烈な魅力を放つＩＴ会社社長の尚樹《なおき》と出会った瞬間、抗いがたい甘美な引力に絡め取られて――!?

B6判　定価：704円（10%税込）　ISBN 978-4-434-31631-9

勤め先が倒産した日に、長年付き合った恋人にもフラれた凪《なぎ》子《こ》。これから人生どうしたものか……と思案していたところ、幼馴染の鮫《さめ》川《かわ》康《こう》平《へい》と数年ぶりに再会する。そして近況を話しているうちに、なぜか突然プロポーズされて!?　勢いで決まった(はずの)結婚だけれど、旦那様は不器用ながら甘く優しく、とことん妻一筋。おまけに職業柄、日々鍛錬を欠かさないものだからその愛情表現は精力絶倫で、寝ても覚めても止まらない!　胸キュン必須の新婚ストーリー♡

B6判　定価:704円(10%税込)　ISBN 978-4-434-31630-2

～大人のための恋愛小説レーベル～

ETERNITY エタニティブックス

イケメンの本気に甘く陥落！
不埒な社長と熱い一夜を過ごしたら、溺愛沼に堕とされました

ETERNITY エタニティブックス Rouge

エタニティブックス・赤

加地《かじ》アヤメ

装丁イラスト／秋吉しま

カフェの新規開発を担当する三十歳の真白《ましろ》。気付けば、すっかりおひとり様生活を満喫していた。そんなある日、思いがけず仕事相手のイケメン社長・八子《やこ》と濃密な一夜を過ごしてしまう。相手は色恋に長けたモテ男！　きっとワンナイトの遊びだろうと思っていたら、容赦ない本気のアプローチが始まって!?　不埒で一途なイケメン社長と、恋愛脳退化中の残念OLの蕩けるまじラブ！

※エタニティブックスは大人の女性のための恋愛小説レーベルです。ロゴマークの色で性描写の有無を判断することができます（赤・一定以上の性描写あり、ロゼ・性描写あり、白・性描写なし）。

詳しくは公式サイトにてご確認ください。
https://eternity.alphapolis.co.jp/

携帯サイトはこちらから！

~大人のための恋愛小説レーベル~

ETERNITY エタニティブックス

ライバルからの執着愛!?
御曹司だからと容赦しません!?

ETERNITY エタニティブックス Rouge

エタニティブックス・赤

あかし瑞穂《みずほ》

装丁イラスト/いずみ椎乃

大学時代、酔って何者かと一晩を共にしたものの、恐くて逃げて以来、恋愛とは無縁な建築デザイナーの香苗《かなえ》。ある日、同期で社長の息子でもある優《ゆう》と協力してコンペに挑むことになった彼女は、ライバル会社の令嬢と通じているという噂を立てられた優を庇う。それがきっかけで、香苗は彼にキスをされた上、偽の恋人役を演じるはめに。しかも彼は「あの一夜の相手は自分だった」と言い出して!?

※エタニティブックスは大人の女性のための恋愛小説レーベルです。ロゴマークの色で性描写の有無を判断することができます(赤・一定以上の性描写あり、ロゼ・性描写あり、白・性描写なし)。

詳しくは公式サイトにてご確認ください。
https://eternity.alphapolis.co.jp/

携帯サイトはこちらから!

～大人のための恋愛小説レーベル～

ETERNITY エタニティブックス

婚約者は過保護な御曹司!?
愛のない政略結婚のはずが、許嫁に本気で迫られています

エタニティブックス・赤

水城《みずき》のあ

装丁イラスト／ユカ

十七歳の時に幼馴染の御曹司・透《とおる》と形だけの婚約をした百花《ももか》。特に幼馴染以上の進展はないまま婚約から六年が過ぎたある日、飲み過ぎた百花は透の部屋のベッドの上で目を覚ます。いつもと違う透の甘い雰囲気を訝《いぶか》る百花だが「そろそろ婚約者の権利を主張しとこうと思って」と突然オーダーメイドの婚約指輪を渡される。透の豹変に戸惑いながらも、その日を機に始まった溺愛猛攻には抗えなくて!?

※エタニティブックスは大人の女性のための恋愛小説レーベルです。ロゴマークの色で性描写の有無を判断することができます（赤・一定以上の性描写あり、ロゼ・性描写あり、白・性描写なし）。

詳しくは公式サイトにてご確認ください。
https://eternity.alphapolis.co.jp/

携帯サイトはこちらから！

恋愛小説「エタニティブックス」の人気作を漫画化！

恋に臆病なOL・真白は、かつて失恋旅行中に偶然出会った男性と、一夜限りの関係を持ったことがある。官能的な夜を過ごし、翌日には別れたその相手。彼を忘れられずに3年が過ぎたのだけれど……なんとその人が、上司としてやってきた!?　人当たりのいい王子様スマイルで周囲を虜にする彼・秀二だが、真白の前では態度が豹変。
「なぜ逃げた。——もう離さない」と熱く真白に迫ってきて——…。

B6判　定価：704円（10%税込）　ISBN 978-4-434-31494-0

恋愛小説「エタニティブックス」の人気作を漫画化!

EC Eternity COMICS

1〜3 ドS御曹司の花嫁候補

Do S Onzoushi no Hanayome Kouho

漫画
柚和 杏
Anzu Yuwa

原作
槙原まき
Maki Makihara

大手化粧品メーカーで研究員として働く華子《はなこ》。研究一筋の充実した毎日を送っていたものの、将来を案じた母親から結婚の催促をされてしまう。かくして、結婚相談所に登録したところ――マッチングしたお相手は、なんと勤務先の社長子息である透真《とうま》! どういうわけか彼はすぐさま華子を気に入り、独占欲剥き出しで捕獲作戦に乗り出して!? 百戦錬磨のCSOとカタブツ理系女子のまさかの求愛攻防戦!

B6判 各定価:704円(10%税込)

この作品に対する皆様のご意見・ご感想をお待ちしております。

おハガキ・お手紙は以下の宛先にお送りください。

【宛先】

〒150-6008 東京都渋谷区恵比寿4-20-3 恵比寿ガーデンプレイスタワー8F
（株）アルファポリス　書籍感想係

メールフォームでのご意見・ご感想は右のＱＲコードから、
あるいは以下のワードで検索をかけてください。

アルファポリス　書籍の感想　検索

ご感想はこちらから

ぽっちゃりナースですが
エリート外科医《げかい》と身籠《みご》もり婚《こん》します

ひなの琴莉（ひなの ことり）

2023年 2月 28日初版発行

編集－堀内杏都
編集長－倉持真理
発行者－梶本雄介
発行所－株式会社アルファポリス
〒150-6008 東京都渋谷区恵比寿4-20-3 恵比寿ガーデンプレイスタワー8F
TEL 03-6277-1601（営業） 03-6277-1602（編集）
URL https://www.alphapolis.co.jp/
発売元－株式会社星雲社（共同出版社・流通責任出版社）
〒112-0005 東京都文京区水道1-3-30
TEL 03-3868-3275
装丁イラスト－水野かがり
装丁デザイン－AFTERGLOW
（レーベルフォーマットデザイン―ansyyqdesign）
印刷－株式会社暁印刷

価格はカバーに表示されてあります。
落丁乱丁の場合はアルファポリスまでご連絡ください。
送料は小社負担でお取り替えします。
©Kotori Hinano 2023.Printed in Japan
ISBN978-4-434-31633-3 C0093